DREAMBOOKS★

천라검형

천라검형

한성수 신무협 장편소설

ORIENTAL FANTASY STORY & ADVENTURE

2

dream
books
드림북스

천라검형 2 장천사(張天師)의 그림자……

초판 1쇄 인쇄 / 2014년 11월 17일
초판 1쇄 발행 / 2014년 12월 1일

지은이 / 한성수

발행인 / 오영배
책임편집 / 편집부
펴낸 곳 / (주)삼양출판사 · 드림북스

주소 / 서울특별시 강북구 솔샘로67길 92
대표 전화 / 02-980-2112 팩스 / 02-983-0660
편집부 전화 / 02-980-2116 팩스 / 02-983-8201
블로그 / blog.naver.com/dreambookss

등록번호 / 제9-00046호
등록일자 / 1999년 3월 11일

ⓒ 한성수, 2014

값 8,000원

ISBN 979-11-313-0182-1 (04810) / 979-11-313-0180-7 (세트)

* 지은이와 협의하에 인지는 생략합니다.
* 잘못된 책은 구입한 곳에서 바꾸어 드립니다.

이 도서의 국립중앙도서관 출판시도서목록(CIP)은 서지정보유통지원시스템홈페이지
(http://seoji.nl.go.kr)와 국가자료공동목록시스템(http://www.nl.go.kr/kolisnet)에서
이용하실 수 있습니다. (CIP제어번호: 2014032999)

장천사(張天師)의 그림자

2

천라검형

天羅劍形

한성수 신무협 장편소설

ORIENTAL FANTASY STORY & ADVENTURE

dream
books
드림북스

목차

1장. 매화검신(梅花劍神) | **007**

2장. 금전(金殿)을 앞에 두고서…… | **041**

3장. 기연(奇緣) | **073**

4장. 성조(聖祖)의 보검! | **107**

5장. 낙인(烙印)? 화인(火印)! | **141**

6장. 안빈낙도(安貧樂道)의 나날은 지나가고…… | **173**

7장. 영락제의 금약(禁約)! | **207**

8장. 또 다른 보검이 나타나고, 달밤의 싸움은 계속된다! | **239**

9장. 장천사(張天師)의 그림자…… | **271**

10장. 불꽃놀이! | **301**

매화검신(梅花劍神)

멈칫!

무당산 자소봉으로 향하는 산길을 걷고 있던 백발의 노도사가 문득 걸음을 멈췄다.

"허어, 어찌 무당산의 기운이 이리 험악해졌는고? 설마 내가 늦은 것은 아닐 테지?"

근심이 깃든 탄성과는 달리 얼굴에는 여유가 넘친다.

특별히 변한 것이 없다.

우웅!

물론 모두 그런 것은 아니었다.

노도사의 허리춤에 매달려 있던 고색창연한 검이 일순

진동을 일으켰다.

검명(劍鳴)!

검이 스스로 울음을 토한 것인가?

토옹!

노도사가 검갑을 가볍게 손가락으로 건드렸다. 검갑 안에서 떨고 있는 검신을 진정시키기 위함이었다.

아니다.

사실 떨고 있는 건 검갑 안의 검이 아니었다. 오히려 노도사에게서 전이된 떨림이 검명을 만들어 냈다고 보는 편이 더 옳을 터였다.

그 같은 차이를 노도사가 곧 눈치챘다.

빙그레!

입가에 미소가 감돈다. 오랜만에 자신이 흥분하고 있음을 알겠다.

'허허, 정천맹주의 말을 내 믿지 않았거늘! 어쩌면 오랜만에 화산을 떠난 보람이 있을지도 모르겠구나!'

화산!

섬서성에 위치해 있는 오악(五嶽) 중 서악(西嶽)!

현 정파 최강의 고수 중 한 명인 노도사 매화검신 유원종이 속한 화산파가 있는 장소이기도 하다.

스륵!

그때 뇌까림을 거둔 매화검신 유원종의 신형이 살짝 떠올랐다.

그러고 보니 그는 여태까지 풀잎 위에 머물러 있었다.

절정의 초상비!

풀잎 끝에 매달린 이슬마저 떨어뜨리지 않았다. 그런 상태로 신형을 띄워 올렸고, 곧 앞으로 이동하기 시작했다.

휘익!

그 속도, 상상을 초월할 만큼 빠르다.

단숨에 지척이나 다름없던 자소봉 속으로 유원종의 신형이 빨려 들듯 사라졌다.

그가 서 있던 풀잎 위의 이슬은 여전하다.

흡사 그란 존재가 애초에 없었던 것 같다. 별다른 변화 없이 햇빛만이 이슬에 머물러 있었다.

*   *   *

저릿!

적사멸왕 사백령이 다가서자 적천경의 안색이 가볍게 굳어졌다.

온몸으로 파고드는 위압감!

패기다.

기백이다.

그런 기운을 풍기는 자를 참으로 오랜만에 보게 되었다. 군이 비교하자면 전날 혈천등선로의 끝에서 만났던 신마혈맹의 혈맹주와 비슷하달까?

'……흠! 그 정도까진 아닌가?'

적천경이 뇌까림과 함께 곧 자신의 생각을 조정했다.

칠 년 전의 일이다.

사부님이 인정하셨을 만큼 인간적인 감정을 완벽하게 통제하던 시기였던지라 기억이 잘 나지 않았다.

— **검아일체번뇌차단술(劍我一體煩惱遮斷術)!**

사부님의 가르침에 따라서 검로와 호흡을 하나로 일치시키던 중 얻은 작은 부산물이다. 자신의 정신까지 검에 묶어서 아예 감정적인 망설임을 제거해버리려 한 것이다.

치기 어린 행동!

작명도 적천경 자신이 했다.

사부님 몰래 만들어 놓고 내심 크게 흡족해한 기억이 난다.

소년 시절, 적천경에겐 그럴듯한 무공 명칭이 꽤나 중요했다. 무학의 요체만을 가르쳐 주던 사부님 때문에 자신이

가고 있는 길이 잘못되지 않았다는 일종의 이정표가 필요했다.

그러나 지금은 사정이 조금 다르다.

검로를 잃어버린 지난 칠 년!

호검관을 연 후 적천경이 무공을 독창한 건 사뭇 현실적인 이유 때문이었다.

검로의 자연스러움을 잃어버린 터.

모든 것을 처음부터 다시 시작해야만 했다. 변해 버린 자기 자신을 되돌아보고, 새로 재구축해야만 했다. 먼저 새로운 자신을 확립한 후에야 비로소 제자를 받아들일 수 있었다.

당연히 현재 그는 검아일체번뇌차단술을 펼칠 수 없었다. 감정 자체를 완벽하게 차단할 수 없었다. 눈앞에서 서서히 압박의 강도를 높여가고 있는 사백령의 무시무시한 기염을 무심히 넘기기란 결코 쉽지 않은 노릇이었다.

지익!

적천경이 문득 발을 앞으로 내밀어 바닥에 작은 선을 그었다.

분뢰보!

그중 분뢰단식(分雷斷式)이다.

처음으로 보신경에 입문한 제자들에게 가르치는 마보식

에 가깝다고 할 수 있다. 자세를 낮추고 하체를 바닥에 고정한 후 움직일 공간을 정하는 것이기 때문이다.

한데 그 평범한 동작이 사백령을 움찔하게 만들었다.

점차 고양되어가던 소천타살마기에 작은 파탄이 생겨나게 했다.

'뭐지?'

사백령이 눈살을 찌푸려 보았다. 어째서 자신이 갑자기 소천타살마기를 적천경에게 집중시키던 걸 멈췄는지 이해할 수 없어서다.

팟!

그때 그 짧은 틈을 타 적천경이 신형을 옆으로 이동시켰다.

일보축지!

단 한 걸음에 불과하나 어느새 사백령의 소천타살마기가 만들어 냈던 압력으로부터 벗어나 있었다. 마치 처음부터 소천타살마기의 범위를 파악하고 있었던 것처럼 말이다.

꿈틀!

사백령의 눈가에 작은 주름이 일어났다. 다 잡았던 물고기를 놓쳤다 여겼기 때문이다.

츄악!

당연히 그냥 있을 순 없다.

그의 수장이 활짝 펼쳐졌고, 곧 기괴한 변화를 일으키며 적천경을 덮쳐갔다.

수심조(獸心爪)!

단순해 보이나 무려 세 종류의 금나술이 섞여 있다. 응조, 호조, 용조가 순간적으로 뒤섞이더니, 소천타살마기의 범위를 벗어난 적천경을 쥐어뜯으려 했다.

저벅!

그러나 이번에도 적천경은 느릿하게 신형을 움직였고, 사백령의 수심조는 헛되이 허공만을 가로지를 뿐이다. 현란하게 만들어 냈던 조영이 모두 수포로 돌아갔다.

'이놈······.'

사백령의 얼굴에 살기가 어렸다.

처음에는 우연이라 생각했다.

고작해야 서른이나 될까 말까 해 보이는 애송이!

자신의 소천타살마기를 이렇게 간단하게 피할 수 있을 리 만무했다.

하나 두 번째 수심조까지 실패하자 적천경을 보는 시선이 달라질 수밖에 없었다. 눈앞에 있는 애송이는 어쩌면 금마옥을 나온 후 만난 무당파 제일의 고수 현허진인 만큼 성가신 존재일지도 모르겠다.

'······흥! 하지만 그 현허 말코도 결국 내 손에 패해 폐

인이 되었다! 좀 독특한 보신경을 익히긴 했다만 얼마나 내 손속을 피해낼 수 있을지 보자!'

내심 냉소를 터뜨린 사백령이 다시 수심조를 변화시켰다.

이번에는 조금 신중해졌다.

촤아악!

어느새 그의 손끝에는 검은 기운이 잔뜩 응축되어 있었다. 수심조에 소천타살마기를 담아서 일종의 강기를 형성시켰다. 맞닿는 대기를 칼날같이 예리한 경기로 마구 조각냈다.

그러나 상황은 전혀 변하지 않았다.

저벅!

적천경은 여전히 반 박자 빨리 걸음을 옮겼고, 사백령의 수심조는 연달아 그를 타격하는 데 실패했다.

그러는 동안 대기를 가득 메운 수심조의 조영!

흡사 수백 마리의 까마귀가 날갯짓하는 것 같다. 그런 환영을 형성하며 점차 주변을 검게 물들여갔다. 적천경의 일보축지가 움직일 수 있는 영역을 빠르게 줄어들어가게 했다. 압도적인 소천타살마기로 보신경의 운용 자체를 원천 봉쇄한 것이다.

그래서였을까?

우뚝!

적천경이 갑자기 걸음을 멈췄다.

그러자 기다렸다는 듯 그를 노리며 귀기로운 날갯짓을 하며 달려드는 수백 마리의 까마귀 떼!

서걱!

적천경이 발검했다.

자연스럽게 검갑을 떠난 멸천뇌운검으로 자욱한 먹장구름처럼 몰려들던 까마귀 떼의 한 면을 잘라냈다.

당연히 그것만으로 끝일 리 없다.

저벅!

그렇게 드러난 공간 속으로 적천경이 걸음을 옮겼다. 자신의 몸을 간단히 빼냈다.

"크악!"

사백령이 버럭 노성을 터뜨렸다.

적천경이 자신이 잔뜩 공을 들여 만들어놓은 조영만균(爪影滿均)의 절초를 이런 식으로 파훼할 줄은 몰랐다. 아예 가능성 자체를 염두에 두지 않고 있었다.

슥!

그때 사백령의 옆구리로 멸천뇌운검이 파고들었다.

의외의 일검!

사백령이 분노한 중에도 눈살을 찌푸리며 수장을 밑으로

찍듯이 내리쳤다.

캉!

혈육으로 된 손과 쇠붙이로 된 검이 부딪쳤는데 날카로운 금속성이 터져 나왔다. 사백령의 수심조에 담겨 있는 기경이 적천경의 멸천뇌운검을 간단히 막아 낸 것이다.

뿐만 아니다.

사백령은 수심조에 변화를 가해 멸천뇌운검의 검신을 덥석 잡아채 갔다.

'응?'

그러나 사백령의 미간이 살짝 찌푸려졌다. 멸천뇌운검의 검신이 갑자기 미끄러지듯 그의 손에서 빠져나갔다. 녹이 슬고 이가 군데군데 빠져서 조금만 힘을 주면 부러질 것 같던 검신을 놓쳐버리고 말았다.

슥!

그리고 또 다른 변화를 보인 멸천뇌운검!

저릿!

사백령이 자신의 얼굴로 튀어 오른 몇 방울의 핏물을 보고 안색을 굳혔다. 어느새 그의 소매가 찢기고, 한줄기 기다란 상처가 났음을 뒤늦게 눈치챈 것이다.

소천타살마기로 보호된 수심조!

간단히 뚫려버리고 말았다.

금석(金石)을 두부처럼 자를 수 있는 강기공에 버금가는 위력이 모두 무용지물이 되었다.

'역시 뭔가 있는 놈이었다는 건가?'

사백령의 눈에 담긴 살기가 더욱 짙어졌다.

소천타살마기 역시 더욱 거세진다.

몸 전체에서 운무처럼 떠다니던 검은 기운이 일시 수십 개의 덩어리로 뭉쳐졌다.

검은 구슬?

꼭 그렇게 보인다.

그런 모양이 되어 사백령의 몸 주변을 둥둥 떠다녔다. 그러다 움직이기 시작한 검은 구슬!

파앙!

사백령을 떠난 검은 구슬이 땅에 처박혔다. 시위를 떠난 활보다 빠르게 방금 전까지 적천경이 서 있던 장소로 처박혔다. 그리고 폭발!

쾅!

지축이 뒤흔들린다.

큼지막한 구덩이가 생겨났다.

당연히 그것만으로 끝나진 않는다. 이어 또 다른 검은 구슬들이 사백령을 떠났고, 여기저기에서 무지막지한 기세로 폭발했다. 주변을 순식간에 난장판으로 변화시켰다.

그럼 적천경은?

그는 여전히 일보축지로 신형을 이동하고 있었다. 사백령의 파상적인 공세를 용케 피하고 있었다. 맨 처음 자신이 정해놓은 분뢰단식의 공간에서 한 발자국도 벗어나지 않고 있었다.

계속 그리할 수 있을 리 없다.

곧 변화가 왔다.

휘청!

검은 구슬이 여덟 번째로 폭발했을 때 적천경의 신형이 처음으로 미묘한 흔들림을 보였다.

'옳지!'

사백령의 입가에 섬뜩한 살소가 번져 나왔다.

슈각!

수심조가 적천경을 노린다. 그의 가슴팍을 쥐어뜯으려 했다. 그러나 진짜 노리는 건 목덜미였다. 단숨에 살수를 펼쳐서 목숨을 취할 작정을 한 것이다.

서걱!

하나 이번에도 적천경의 멸천뇌운검이 먼저 움직였다.

"크악!"

사백령이 비명을 터뜨렸다.

그가 보는 앞에서 방금 전까지 적천경의 목숨을 취하려

했던 좌수가 떨어져 내리고 있었다. 멸천뇌운검에 팔뚝 아래로부터 싹둑 잘려버리고 말았다.

그것만으로 끝이 아니다.

저벅!

순간 적천경이 사백령의 품속으로 파고들었다.

일보축지!

더불어 사일단심(射日丹心)을 펼치자 멸천뇌운검에 처음으로 흐릿한 검기가 실렸다.

극쾌일검!

여태까지의 허를 노려 찔러가던 검이 아니었다. 어떤 것보다 빠른 속도로 검기가 사백령을 향해 뻗어 갔다. 흡사 죽어 있던 쇠붙이에 생명을 부여받은 것처럼 요사스럽게 그의 상반신 전체를 모조리 공격 범위에 가둬 버렸다.

카카캉!

그러나 사백령은 더 이상 비명을 터뜨리지 않았다.

그럴 필요가 없었다.

순간 그의 몸 주변을 휘돌고 있던 검은 구슬들이 하나로 합쳐졌다. 커다랗게 늘어났다. 확장되었다. 그렇게 사백령의 전신을 뒤덮는 호신강기를 형성했다.

그리고 급격하게 확산되기 시작한 압력!

스스슥!

적천경이 검기를 거두며 신형을 뒤로 물렸다. 처음에 정해놨던 분뢰단식의 범위를 스스로 벗어난 것이다.

콰드드득!

그러자 기다렸다는 듯 사백령의 수심조가 맹렬한 기세를 품은 채 호신강기를 뚫고 튀어나왔다. 검은 구슬을 한데 모아서 만들어 낸 압력의 범위를 스스로 깨부쉈다.

'음!'

적천경이 멸천뇌운검을 치켜세웠다. 수심조의 맹렬한 일격을 그렇게 막아 냈다.

하나 그것만으론 부족하다.

쩡!

맑은 쇳소리와 함께 적천경이 주르륵 뒤로 물러났다. 멸천뇌운검을 통해 밀려든 소천타살마기를 감당해 내지 못해 벌어진 일이다.

더불어 깨진 검아일체번뇌차단술!

적천경이 사백령과 대결을 벌인 후 처음으로 감정을 드러내며 소매로 입가를 훔쳤다.

'내상을 당한 건가……'

씁쓸하다.

설마 검아일체번뇌차단술을 펼치고도 죽이지 못하는 상대를 만날 줄은 몰랐다. 비록 과거와 같이 완벽한 검로를 행하진 못했지만 말이다.

반면 사백령은 어처구니가 없는 표정을 짓고 있었다. 단 몇 초식 만에 자신의 팔을 잘라 버린 적천경의 말도 안 되는 무위를 인정하기가 쉽지 않았다. 사실 어떻게 그런 일이 가능했는지 짐작조차 하지 못하고 있었다. 그만큼 적천경의 무위는 그의 상식을 완전히 벗어난 것이었다.

그러나 그는 냉정한 사람이었다.

힐끔.

바닥에 떨어져 있는 자신의 팔을 곁눈질한 그는 태연한 표정으로 혈맥을 봉쇄했다. 내공으로 피의 흐름을 막아서 잘린 부위를 지혈시켰다. 팔이 잘린 분노를 터뜨리기 이전에 적천경에 대한 강한 경계심을 느꼈기 때문이다.

그다음은 인정이다.

눈앞의 적천경을 보기 드문 강적이라 솔직하게 인정한 그가 어깨를 한차례 추어보이며 수심조를 거둬들였다.

"호검관의 적천경이라 했던가?"

"그래."

"본좌는 적사멸왕 사백령이다! 무당파의 말코는 아닌 것 같은데 정천맹의 떨거지인 것이냐?"

"아니."

"그렇군."

사백령이 미미하게 고개를 끄덕여 보이고 말을 이었다.

"그럼 어째서 헛되이 하나밖에 없는 목숨을 버리려 하는 것이냐?"

"내게 목숨을 버리는 취미 따윈 없는데?"

"크핫!"

사백령이 이를 드러내며 웃었다. 역시 적천경은 협객(俠客)의 도(道) 따위를 엄격하게 따지는 정파와는 관계가 없는 사람이란 판단을 내린 것이다.

하나 단지 그것뿐.

곧 만면 가득 번져나갔던 미소를 거둔 사백령의 눈이 음험한 살기로 물들었다. 금마옥을 벗어난 후 무당 제자들을 도륙하던 사파의 거물다운 악의(惡意)를 있는 그대로 드러냈다.

피잉!

순간 다시 분리되어 그의 몸 주변에 둥둥 떠 있던 검은 구슬 하나가 번개같이 튀어 나갔다.

목표는 적천경이 아니다.

퍽!

여전히 포위진을 포기하지 않은 채 사백령 주변을 에워싸고 있던 무당 제자들 중 한 명의 머리통이 폭발했다. 쏜살같이 날아간 검은 구슬이 그의 검과 얼굴을 한꺼번에 날려 버렸다.

"사형! 사형!"

"사제! 사제!"

무당 제자들이 일제히 울부짖음을 터뜨렸다.

이미 여러 차례 본 죽음이었다. 마음의 각오 역시 하고 있었다. 그만큼 금마옥을 빠져나온 사백령의 무위가 압도적이었기 때문이다.

하나 희망이 생겼다.

갑자기 모습을 드러낸 적천경이 빼어난 무위로 사백령에 맞섰고, 놀랍게도 그의 팔까지 잘랐다. 어떻게 그런 일이 가능할 수 있었는지는 모르나 상황이 급변한 셈이다.

당연히 그런 상황에서 목도한 죽음은 충격이었다.

지금까지 중 어떤 것보다 처참한 죽음이었기에 더욱 그러했다.

"무량수불!"

"무량수불!"

두 눈 가득 비분의 눈물을 담은 채 무당 제자들이 사백령 쪽으로 다가들었다. 검진을 펼친 채 그와 동귀어진을 할 마음을 품은 것이다.

적천경이 퉁명스레 외쳤다.

"여태까지처럼 제 자리를 지키시오!"

"……."

"동문들의 죽음을 헛되이 만들지 않으려거든!"

"……."

무당 제자들이 움찔하며 걸음을 멈췄다. 적천경이 서늘한 한마디에 냉정을 되찾았다.

사백령이 인상을 긁었다.

"정말 골치 아픈 종자로군!"

적천경의 대응은 여전하다.

"그건 당신 역시 마찬가지야. 날 눈앞에 둔 상태에서 진세를 허물 생각을 하다니 말야."

"본좌가 소싯적에 병법서도 제법 읽어 봤거든."

"성동격서(聲東擊西) 따위는 병법 축에도 들어가지 않아."

"그런가?"

고개를 갸웃해 보인 사백령의 눈에 살기가 어렸다.

"그럼 소리장도(笑裏藏刀)는 어떻게 생각하지?"

"그건……."

적천경이 대꾸하려다 재빨리 멸천뇌운검을 치켜올렸다.

그냥이 아니다.

평사낙안의 초식?

아니, 그걸 오히려 역순으로 한 것 같은 동작이다. 아래를 향하고 있던 검끝이 묘하게 휘어지더니, 곧 놀라울 만큼의 속도를 더했다.

스파앗!

사실 검초의 변화 따윈 의미가 없었다.

의외성!

그리고 속도!

그것이 적천경이 펼친 검초에 특별함을 더했다. 다시 사백령의 몸을 떠난 검은 구슬을 순식간에 잘라냈다.

슥!

더불어 적천경이 일보축지와 함께 사백령의 배후로 돌아들어갔다.

슈칵!

사각을 파고들며 검을 날린다.

왼팔의 부재로 인해 훤해진 왼쪽 옆구리에 검초를 박아넣었다.

쾅!

그러나 이번에도 검은 구슬이 시의적절하게 움직였다. 흡사 스스로 의지를 지닌 것처럼 적천경의 검초를 막아 냈다. 맹렬한 폭발력으로 그를 강하게 밀어냈다.

"쿨럭!"

적천경의 입에서 기침이 터져 나왔다. 핏방울이 몇 개 섞여 있다.

번쩍!

사백령의 눈이 빛을 발했다.

'내공이 생각보다 별로구나!'

생각이 정리되었다.

적천경의 약점 파악이 끝난 것이다.

화르륵!

여전히 많은 숫자를 유지하고 있던 사백령의 검은 구슬들이 일제히 불꽃을 피어올렸다.

승부의 결착!

이제 바로 코앞이었다.

적어도 사백령은 그리 생각했다.

아니다.

갑자기 상황이 돌변했다. 예상치 못했던 방해를 또다시 받게 되었다.

흠칫!

막 적천경에게 회심의 일격을 가하려던 사백령의 안색이 대변하더니, 재빨리 신형을 뒤로 물렸다.

패앵!

그 순간 하늘에서 떨어져 내린 한 자루 고검(古劍)!

흡사 마른하늘의 날벼락!

그런 기세를 품은 채 사백령이 서 있던 장소에 일격을 가한다. 천지를 깨끗하게 잘라냈다.

그것만으로 끝일 리 없다.

휘리리릭!

고검이 중간에 방향을 바꿨다.

직격하던 기세를 그대로 유지한 채 회전을 보이더니, 뒤로 물러서는 사백령에게 맹렬히 파고들었다. 그의 목젖을 단숨에 꿰뚫어 버리려 했다.

그러나 이미 사백령의 발동을 앞두고 있던 검은 구슬들은 하나가 되어 있었다. 여전히 검은색 불꽃을 맹렬히 일으키며 일제히 고검을 향해 날아들었다.

파창!

파차차차차창!

연달아 폭발음이 터져 나왔다. 고검과 검은 구슬이 일으킨 불꽃이 부딪치며 무시무시한 기운을 사방으로 마구 퍼부어댔다.

덕분에 살짝 주춤한 고검의 기세!

슥!

사백령이 그 틈을 타서 신형을 밖으로 빼냈다.

퍽! 퍽!

그의 수심조에 두 명의 무당 제자는 머리통과 목덜미가

쥐어뜯겨 바닥에 쓰러졌다. 절명했다. 여태까지 최선을 다해 지키고 있던 진세가 완벽하게 뚫려버리고 만 것이다.

$$* \qquad * \qquad *$$

언제부턴가 우인혜는 발을 동동 구르고 있었다. 안타까움으로 인해 그녀의 맑은 얼굴은 크게 흐려져 있었다.

그럴 수밖에 없다.

그녀는 적천경이 떠난 후 한참이 지나서야 자신이 속았음을 깨달았다. 태자파로 떠났던 현양진인이 돌아와서 그녀에게 과거 적천경의 행태를 알려주었기 때문이다.

그래도 믿기 힘들었다.

그만큼 적천경은 그녀를 감쪽같이 속여 넘겼다. 믿을 수밖에 없게 만들었다.

그러나 측간 주변을 수색한 끝에 그녀는 현양진인의 말대로 자신이 감쪽같이 속았음을 인정해야만 했다.

— 호검관주!

사형이자 무당십검 중 일좌였던 진무각주 신검도장이 초빙한 은거기인. 생사불명에 빠졌던 그녀의 옷을 벗기고, 생명을 구하고, 끝까지 시치미를 떼고, 측간에 간다는 구실로 도망쳐버린…….

'적천경! 이 망할 인간!'

우인혜는 분노했다.

너무 화가 나서 일시 손발이 떨릴 지경이었다. 자신이 적천경에게 철저히 농락당했다는 생각을 떨칠 수 없었다.

하지만 어째서 그리했을까?

'……흥! 역시 날 책임질 생각이 없는 것일 테지?'

비겁하다!

전날 황제의 색마 부마도위를 죽였을 때의 더러운 기억이 되살아난다. 책임을 지기 싫어서 자신의 도적을 파낸 장문인 현무진인과 여러 사존들이 떠올라 버렸다.

그래서 그녀는 현양진인을 떠나 적천경을 찾아 나섰다.

그를 만나서 따질 작정이었다. 확실하게 시시비비를 가린 후 상황을 매조질 작정이었다.

한데 갑자기 상황이 꼬였다.

느닷없이 매화검신 유원종이 하늘에서 뚝 떨어져 내렸다.

그녀의 앞을 가로막고서 자소봉의 정상에 위치한 금전으로의 안내를 종용했다. 인자한 미소를 지어 보이며 그렇지 않으면 금일 무당파는 혈겁을 벗어나지 못할 거라 협박하는 것도 잊지 않았다.

'그런데 설마 저 망할 인간이 금전에 있었을 줄이야! 아니, 그보다 금마옥을 탈출한 마두로부터 무당파를 구하기 위해 싸우고 있을 줄이야!'

우인혜는 괜스레 미안해졌다.

여태까지 적천경에게 이를 갈았던 게 무척 잘못된 일인 것만 같았다. 어쩌면 그에게 무언가 말 못 할 사연이 있었을 거란 생각이 들었다.

그래서 그녀는 양손에 땀을 쥔 채 적천경을 응원했다.

그가 사백령의 왼팔을 자를 때는 내심 환호성까지 발했다.

당장 그가 이길 것만 같았다.

하나 그 순간 사백령이 다시 무당 제자를 죽였고, 적천경이 그를 공격했고, 그녀의 곁에 묵묵히 서 있던 매화검신 유원종이 검을 날렸다.

전광석화 같은 변화!

그 속에서 그녀는 철저히 소외되었다.

슥!

그리고 매화검신 유원종이 그녀를 떠나갔다. 자신이 내던진 고검 위로 신형을 날린 것이다.

"아!"

우인혜가 탄성을 발했다.

슥!

문득 그녀의 앞에 나타난 적천경 때문이다.

유원종이 자신의 고검을 따라간 것과 거의 동시에 그는 그녀 앞에 등장했다. 흡사 방금 측간을 다녀온 것처럼 태연한 얼굴을 하고서 말이다.

"여어!"

"……."

손을 들어 보이는 적천경을 향해 우인혜가 잠시 멍청한 표정을 지어 보이다 입술을 살짝 떨어 보였다.

"다쳤잖아요……."

"응?"

적천경이 그제야 자신의 입가에 묻은 핏자국을 느끼고 혀로 날름 빨아먹었다.

"……그러면 안 돼요!"

"……."

우인혜가 품에서 옥병을 꺼내 상비약으로 간직하고 있던 소상환을 적천경에게 건넸다.

"어서 복용하세요! 이건 무당파를 구원하기 위해 고생하신 것에 대한 작은 보답이에요!"

"……."

오해다.

완전한 착각이었다.

애초에 적천경은 무당파를 구원할 마음이 전혀 없었다. 그의 목표는 명확했다. 죽었다고 알고 있던 친구 곽채산을 금마옥에서 구출하는 것이었다.

당연히 적사멸왕 사백령에게 시비를 건 것도 다분히 의도적인 일이었다.

딱 보면 안다.

그는 자소봉 전체를 철저하게 포위하고 있는 대천강진세의 천원이 위치한 금전을 칠만큼 초강자였다. 어쩌면 금마옥을 탈출한 마두 중 우두머리일지도 몰랐다.

친구 곽채산의 행적에 관해 묻기엔 더할 나위 없는 존재!

절대 남에게 내줄 순 없었다.

자신의 손으로 붙잡아서 심문해야만 했다.

그러기 위해 무당 제자들을 도륙하던 그의 앞을 가로막아 섰다. 그의 심기를 건드려서 자신을 공격하게 만들었다. 다른 자들이 끼어들 엄두조차 내지 못하게 했다.

하나 생각 이상으로 사백령은 강했다.

칠 년 전 그날 깨진 검로!

그래서 어쩔 수 없이 지난 칠 년간 독창해낸 흉내 내기

검로!

— 호검팔연식(護劍八練式)!

그 정수를 펼쳐냈음에도 제압하는 데 실패했다. 방심한
틈을 노려서 왼팔을 자르긴 했으나 곧 반격을 당해 오히려
내상을 당했다.

당연히 이후의 승부는 백중세!

누가 이길지 장담할 수 없을 터였다.

오랜만에 만난 초강자를 상대로 펼치기에 호검팔연식은
아직 미비한 구석이 많았다. 몇 초식 사용하지 않았음에도
호흡과 검초의 분리가 꽤나 많이 발견되었다. 중간에 반격
을 당해서 내상을 당한 것도 무리는 아니었다.

그래서 오히려 좋은 기회라 여겼다.

그동안 이론으로만 정립한 호검팔연식이었다.

파탄과 오류가 곳곳에 존재함은 어쩔 수 없는 일이었다.
극치까지 적을 상대로 펼쳐본 적이 없었으니까 말이다.

극치!

모든 것을 쏟아 내는 단계!

그런 호검팔연식을 사백령에게 사용해 볼 작정이었다.
모든 것을 아낌없이 쏟아 내는 순간을 맛볼 작정이었다.

'그랬다면 어쩌면 칠 년 전 잃어버린 검로를 되살릴 수 있는 단초를 얻었을지도 몰랐을 터인데…….'

아쉽다.

꽤나 오랫동안 잊고 있던 사부의 가르침, 그 완벽한 검로를 떠올리고 말았다. 죽을 때까지 다시 재현할 수 없을지도 모를 소중한 어떤 것을 말이다.

'……뭐, 일단 주는 떡은 사양하는 게 아니니까.'

꿀꺽!

적천경이 냉큼 소상환을 삼켰다.

목구멍을 타고 청량한 기운이 사르르 흘러내리는 게 과연 도가명문 무당파의 내상약답다. 기분만으로도 내상이 절반쯤 가라앉은 듯하다.

"하나 더 없소?"

"여기 병째 받으세요."

"그렇게까진 필요 없는데……."

적천경이 말과는 달리 얼른 우인혜가 내민 옥병을 받아 챙겼다. 처제 소하연을 떠올린 것이다.

우인혜가 눈에 이채를 담았다.

"내상에 차도는 있나요? 만약 운기조식이 필요하면 제가 호법을 서 드릴게요."

"……그럴 것까진 없을 것 같소."

"그래도……."

"게다가 이곳에서 계속 시간을 보낼 수도 없소."

"……그건 어째서지요?"

"저곳을 보시오!"

적천경이 손가락으로 금전을 가리켰다.

"아!"

우인혜가 다시 탄성을 발했다.

그럴 수밖에 없었다.

평생 본 적이 없는 장관이 금전의 하늘 위에서 펼쳐지고 있었으니까 말이다.

*　　　*　　　*

"우우우우우!"

용이 울부짖는 소리인가!

비슷하다.

하늘을 가로지르는 검룡(劍龍)!

순간적으로 천지를 뒤흔드는 위세를 드러낸 고검 위의 매화검신 유원종이 내뱉은 창룡후(蒼龍吼)였다.

이곳은 무당산!

오랫동안 화산파와 자웅을 겨뤘던 남존의 문파, 무당파

가 존재하는 장소였다. 화산파의 최강 고수인 유원종이 자신의 존재감을 있는 그대로 드러내기엔 어색한 곳일 터였다.

그래도 유원종은 개의치 않았다.

그는 전설상의 어검비행(御劍飛行)으로 사백령을 바짝 뒤쫓았다. 단숨에 숨결을 끊어 놓으려 했다.

그러다 갑자기 상황이 급변했다.

자소봉의 정상에 위치한 금전을 바로 코앞에 뒀을 때 유원종의 어검비행이 난관을 만났다. 느닷없이 풍운이 변색하며 천지가 뒤바뀌어 버렸기 때문이다.

'진(陣)의 조화?'

유원종 역시 기문진식에 대해선 어느 정도 조예가 있다. 아예 문외한은 아니었다.

하나 그 조예가 일류 수준은 아니었다.

그냥 화산파 독문의 매화검진과 병가의 일반적인 병진 몇 가지를 아는 게 전부였다. 그 외엔 여타 무림인들보다 결코 뛰어난 실력을 지니진 못했다고 할 수 있었다.

당연히 느닷없이 만난 풍운변색에 당황할 수밖에 없었다.

지잉!

그가 발끝으로 애검의 검신을 가볍게 찼다. 일단 제동을

걸어서 어검비행의 속도를 늦춘 후 진세의 변화에 대처할
작정이었다.

그러나 그 순간 다시 진세가 변화했다.

암암절벽!

풍운변색이 사라진 자리에 갑자기 거대한 절벽이 모습을
드러냈다. 하늘이 보이지 않을 정도로 높고, 거대하며, 깊
은 천장단애의 등장이었다.

"허허허허!"

유원종이 자신도 모르게 너털웃음을 터뜨렸다. 사백령의
뒤를 쫓다가 아주 우스운 꼴이 되고 만 것이다.

잠시뿐이다.

순간 미소를 거둔 유원종이 다시 발끝으로 검신을 차더
니, 공중에서 회전하며 검과 하나가 되었다.

어검충천?

그보다는 신검합일에 가깝다.

그렇게 검과 하나가 된 유원종이 전신을 자색 노을빛으
로 물들이며 암암절벽을 향해 파고들었다. 눈앞을 가로막
고 있는 절벽 자체를 화산파 검종의 극치인 자하구벽검으
로 무찔러간 것이다.

2장

금전(金殿)을 앞에 두고서……

'굉장하다!'

곽채산이 내심 탄성을 발했다.

어느새 무당파 제자의 의복으로 갈아입고, 청강검까지 빼 든 그는 금전 쪽으로 신형을 날리다 걸음을 멈췄다. 갑자기 천지가 뒤흔들리는 듯한 진세의 변화를 느꼈기 때문이다.

잠시뿐이었다.

곧 진세가 요동치더니 더욱 놀라운 광경이 펼쳐졌다.

어검비행!

강호를 떠도는 호사가들에게나 들었던 전설의 검학과 함

께 매화검신 유원종은 하늘로 치솟아 올랐다. 진세의 변화 따윈 깡그리 무시한 채 천공을 노니는 한 마리 매처럼 비상했다. 흡사 전설상의 한 장면이 펼쳐진 것이나 다름없다.

'어째서?'

내심 의혹의 탄성을 터뜨린 직후 곽채산은 냉정하게 염두를 굴렸다. 유원종 같은 절대고수가 어검비행이란 절세 검학을 펼친 이유를 파악하기 위함이었다.

'역시 사부 노괴가 목표인 것일 테지? 그렇다면 나는 어찌해야하나…….'

사부 적사멸왕 사백령!

그와의 약속을 지키기 위해 곽채산은 목숨을 걸었다. 온갖 어려움을 참고서 불가능에 가까운 목표를 달성했다. 금마옥에서 사제지연을 맺을 때 사백령과 맺은 계약을 완전히 이뤄냈다.

당연히 약속 장소인 금전으로 향하며 곽채산은 득의양양해져 있었다. 드디어 사백령을 비롯해 금마옥에서 자신을 업신여겼던 자들에게 큰소리를 칠 수 있게 되었다는 판단이었다.

하나 갑자기 상황이 바뀌었다.

사백령과 만나기로 한 금전을 향하던 중 그는 충격적인 광경을 목도했다. 천하무적이라 생각했던 사백령이 자신보다 어려 보이는 청년에게 팔을 잘린 채 유원종에게 도망친 것이다.

직접 눈으로 보지 않았다면 믿을 수 없는 광경!

꾸욱!

곽채산이 자신도 모르게 가슴팍을 손으로 눌렀다.

현무진인에게 치명상을 입힌 후 가로챈 장문영부와 그걸 이용해 얻은 한 권의 비급이 손바닥 가득 느껴진다. 사백령이 금마옥에 칠 년 동안 갇히게 만든 원인 중 하나라 했던가.

'……이걸 가지고 혼자 도망치는 방법도 있겠지. 하지만 내겐 아직 사부 노괴의 가르침이 필요하다. 그에게 고급 무공의 원리와 수련 방법을 빠짐없이 알아내야만 해. 그리고 이와 같을 때야말로 내 몸값을 최고로 올릴 기회일 수도 있다!'

짧은 순간.

마음의 결정을 내린 곽채산이 눈을 빛내며 은밀하게 신형을 이동시켰다.

여전히 종횡하는 검기!

하늘에서 흘러넘치는 백색 광채!

전설의 어검비행을 펼치고 있는 유원종이 대천강진세의 변화 때문에 하늘을 헤매는 틈을 정확히 파고들었다. 줄곧 주도면밀한 주의력을 발휘해 살피고 있었던 터라 한 치의 망설임도 없었다. 정확하게 역시 진세의 영향에 빠져 헤매고 있는 사백령에게 접근했다.

슈악!

대천강진세의 변화 속에서 헤매고 있던 사백령이 자신을 향해 다가드는 기묘한 기운을 느끼고 재빨리 수심조를 펼쳐냈다.

그러나 허전하다.

헛되이 허공만을 휘저었을 뿐이다.

'망할! 왼손을 잃어버렸었지…….'

사백령이 내심 혀를 찼다. 수심조의 절초 중 하나인 교탈천공(矯奪天空)의 후반부가 왼손을 사용해야 함을 뒤늦게 자각했기 때문이다.

그렇다고 문제될 건 없다.

빙글!

어느새 교탈천공의 전반부 변화를 끝마친 그의 신형이 신속하게 회전을 보였다.

그냥 일 리 없다.

순식간에 주변으로 비산하는 검은 구슬 세 개!

놀랍도록 정교하게 교탈천공의 부족한 부분을 채운다.

허공을 가른 수심조의 변화가 자욱한 그림자를 만들어 냈다.

콰!

하나 이번에도 허탕이다.

검은 구슬 중 하나가 헛되이 폭발음을 내며 소멸했다.

그렇다면 나머지 두 개는?

'……아직 놈을 쫓고 있다!'

사백령의 입꼬리가 슬쩍 치켜 올라갔다. 세 번째는 허탕을 치지 않으리란 확신이 있었기 때문이다.

아니다.

허탕을 쳐야만 했다.

"사, 사부님!"

'이 목소리는…….'

사백령이 눈매를 살짝 찡그리며 재빨리 귀영(鬼影) 같은 움직임으로 암중인(暗中人)을 노리던 검은 구슬을 거둬들였다.

슥!

그러자 그 틈을 타서 사백령의 곁으로 곽채산이 다가들었다.

진세.

그 변화 속에서 불쑥 튀어나왔다.

"제자 채산이 사부님을 뵈옵니다!"

"……놈!"

"예, 하명하십시오!"

"이 빌어먹을 진세 속을 제집 드나들듯 하는 걸 보니, 결국 네놈이 성공한 것이렸다!"

"사부님의 치밀한 계획과 홍복(洪福) 덕분에 성공할 수 있었습니다."

"흥! 홍복은 무슨!"

사백령이 차가운 코웃음과 함께 슬쩍 턱짓을 해 보였다.

"대천강진세에 대해선 얼마만큼 파악했더냐?"

"이곳을 탈출하는 정도는 할 수 있을 정도입니다."

"그게 사실이냐?"

"일부만을 파악했을 뿐입니다. 게다가……."

잠시 말끝을 흐린 곽채산이 슬쩍 하늘을 올려다보곤 목소리를 낮췄다.

"……현재 대천강진세는 완전치 못한 상태입니다. 제자 정도의 무공을 지닌 고수라면 곧 파탄을 발견할 수 있을 겁니다."

"으득!"

사백령이 이를 갈았다. 곽채산이 한 말의 의미를 단숨에 이해했기 때문이었다.

그러나 그는 무림을 혈세했던 신마혈맹과 쌍벽을 이루던 천사혈부의 주인이었다. 사파 무림의 태상북두(泰山北斗)나 다름없는 대인물인 만큼 분노로 이성을 잃어버리진 않았다.

　곧 사백령이 살기 어린 눈빛을 가라앉혔다.

　"앞장서거라!"

　"그 전에 한 가지 부탁드릴 것이 있습니다."

　"부탁?"

　사백령이 눈살을 찌푸리자 곽채산이 얼른 바닥에 엎드렸다. 고개를 바닥에 강하게 몇 차례에 걸쳐 찧었다.

　"사부님의 명령을 수행하던 중 백자살흉 이서극과 적발 혈염 백요란의 독수(毒手)를 당했습니다. 부디 사부님의 능력으로 뒤탈이 없도록 해독시켜 주셨으면 합니다."

　"네놈을 처음 봤을 때부터 이미 알고 있었다. 이서극의 삼지마인과 백요란의 잠력격발을 당한 것이 아니냐?"

　"그, 그렇습니다."

　"본좌에겐 그저 애들 장난이나 다름없는 수법이다."

　'이서극의 삼지마인은 몰라도 백요란의 잠력격발은 결코 애들 장난이 아닐 터인데…….'

　곽채산이 내심 반론을 제기하면서도 연신 굽실거렸다. 얼굴에 깃든 건 비굴함 그 자체다.

"역시 사부님이십니다! 저는 오로지 사부님만 믿고 고통과 굴욕을 참고 임무를 수행했습니다!"

"공치사 따윌 하려는 것이냐?"

"어, 어찌 감히!"

연신 손사래를 치는 곽채산을 못마땅하게 바라본 사백령이 갑자기 손가락을 가볍게 퉁겼다.

딱!

그러자 여태까지 그의 몸 주변에 머물러 있던 검은 구슬이 곽채산을 그대로 직격했다.

"헉!"

"참아라! 비명 따윌 내질렀다간 즉사다!"

"……."

곽채산이 얼른 튀어나오려는 비명을 삼켰다. 이런 곳에서 개죽음을 당할 순 없다는 판단이었다.

부르르!

그의 몸이 벼락을 맞은 것 같이 떨렸다. 사백령이 거진 이갑자에 가까운 세월 동안 단전에서 연단해낸 소천타살마기의 정화(精化)인 검은 구슬이 몸속에 흡수되며 벌어진 일이다. 흡사 초일류의 강기공에 강타당한 것이나 다름없는 충격을 순간적으로 감내해야만 했다.

잠시뿐이다.

곧 곽채산이 바닥에 가부좌를 틀고 앉았다.

소천타살마기에는 같은 소천타살마기로 대응해야하는 법!

그는 전력을 다해 소천타살마기를 운기해서 몸속에 파고든 사백령의 검은 구슬을 흡수하는 데 최선을 다했다. 그 강력한 기운을 힘겹게 이끌어서 이서극의 삼지마인을 해독하고, 백요란의 잠력격발의 폭발을 뒤로 미뤘다. 일단 그 정도로 만족하고자 했다.

그렇게 얼마나 지났을까?

꿈틀!

볼살을 가볍게 실룩거린 곽채산이 가부좌를 풀고 자리에서 일어섰다. 다시 허리가 꼽추처럼 굽었으나 눈에 담긴 기운은 평소와는 다른 힘이 깃들어 있다.

"제자, 사부님의 가르침 덕분에 죽음의 위기를 벗어날 수 있었습니다!"

"어째서 잠력격발의 기운은 모두 해소시키지 않은 것이냐?"

"아직 사지(死地)를 벗어나지 않았기 때문입니다."

"사지라…… 흥!"

차갑게 코웃음 친 사백령이 살짝 턱짓해 보이자 곽채산이 얼른 대천강진세의 파훼법을 구술(口述)하며 앞장섰다.

원하는 것을 얻었으니 더 이상 이런 곳에 머물 이유가 없었던 것이다.

*　　　*　　　*

탁!

구손이 갑자기 손에 들고 있던 죽편 한 조각을 허공으로 집어던지자 황조경의 눈에 이채가 어렸다.

'와!'

그녀는 내심 탄성을 터뜨렸다.

과거 사천 지방으로 천리표행을 나섰을 때 만났던 사천 당가 출신 고수의 암기술보다 신기했다. 구손이 집어던진 죽편이 허공중에서 감쪽같이 자취를 감춰버리는 광경을 지켜봤기 때문이다.

사천당가를 뛰어넘는 고명한 암기술을 발휘한 걸까?

황조경은 내심 고개를 가로저었다.

처음 만났을 때부터 줄곧 함께 했던 구손은 비범한 사람이나 무공을 익히지 않은 학도였다. 암기와 독으로 유명한 사천당가를 뛰어넘는 암기술을 익혔을 리 없다.

'사실 그런 걸 익힐 이유도 없을 거야. 저 사람은 인세에 존재하는 일종의 요물 같은 사람이니까…….'

내심 중얼거린 황조경이 구손에게 다가가 말했다.

"구손도장님, 이번엔 또 어떤 굉장한 일을 벌이신 건가요?"

"그리 대단한 일은 아닙니다."

"대단한 일 같은데요?"

"황 도우님의 말씀을 듣고 보니, 그런 것도 같습니다."

"저랑 말장난을 하고 싶으신 건가요?"

"그럴 수 있다면 정말 좋겠습니다만……."

말끝을 가볍게 흐린 구손이 다시 품속에서 죽편을 꺼내서 허공중에 연달아 집어던졌다.

그러자 역시 감쪽같이 사라지는 죽편들!

휘익!

황조경이 이번에는 가만있지 않았다.

재빨리 신형을 날린 그녀의 하얀 손이 빠르게 움직였다. 죽편 조각들이 없어지기 전에 회수하려는 속셈이었다.

"아!"

그러나 그녀는 나직한 신음과 함께 신형을 돌려서 바닥에 내려서야만 했다. 막 죽편 중 하나를 낚아채려는 순간, 갑자기 천지가 빙그르 도는 경관의 변화를 만났기 때문이다.

구손이 말했다.

"방금 전 대천강진세의 휴문이 사문으로 바뀌고, 생문이 반전되었습니다."

"뭐라고요?"

"천원으로 향하는 길이 열렸다는 뜻입니다."

"……."

황조경이 더더욱 모르겠다는 표정을 지어 보였다. 사실 대충은 알아들었으나 일부러 아무것도 모르는 시늉을 해 보였다. 어설프게 아는 척을 해봐야 큰 소용이 없으리란 판단이었다.

'뭐, 구손도장에게 설명을 들으면 되지!'

황조경의 속셈은 단순했다.

하지만 구손은 그녀의 의도대로 움직이는 사람이 아니었다.

타닥! 탁!

어느새 양손에 나눠 든 죽편 두 개를 두드리며 구손이 저만치 앞서 걸어가기 시작했다. 그녀에게 설명할 의사 따윈 전혀 없어 보인다.

"구손도장님!"

"천원의 변화는 막심하니 지금 즉시 움직여야 합니다. 황 도우께서는 어서 빈도의 뒤를 따라오시지요."

"먼저 말해 주면 어디가 덧나요?"

"죄송합니다."

'전혀 그래 보이지 않잖아!'

황조경이 내심 투덜거리며 구손의 뒤를 잰걸음으로 따랐다. 그가 향하는 곳에 적천경이 있을 거란 믿음 때문이다.

근거 없는 자신감이다.

오직 여인만의 감에 의지해 그녀는 구손의 뒤를 따랐다.

*   *   *

스으!

자하구벽검을 극한까지 펼쳐서 하늘을 온통 노을빛으로 물들이고 있던 유원종이 공중에서 가볍게 신형을 회전시켰다.

자하쌍매절(紫霞雙梅切)!

붉디붉은 노을빛 가운데 두 송이 매화꽃이 피어났다. 실제 그런 형상이 하늘을 수놓았다.

그리고 그 사이로 내리꽂힌 고검!

팍!

순간적으로 대지 위에 떨어져 내린 고검의 검병 위로 유원종이 사뿐히 내려섰다. 흡사 처음부터 그 자리에 존재했던 것처럼 아무런 위화감도 느껴지지 않는 변화다.

꿈틀!

유원종의 하얀 검미는 그러하지 못했다.

검병 위를 한 발로 밟고 선 채 주변을 둘러보던 그의 검미가 가볍게 치켜 올라갔다. 저만치 서서 자신을 지켜보고 있는 한 쌍의 남녀, 적천경과 우인혜를 뒤늦게 발견했기 때문이다.

'이리 가까이 있는 자들을 내가 파악하지 못하고 있었더란 말인가…….'

의아함의 이유는 자명하다.

그는 방금 전까지 사파 무림의 대종사라 할 수 있는 사백령의 뒤를 쫓고 있었다. 과거 그가 저지른 악행을 기억하기에 단숨에 목을 잘라서 징치할 작정이었다.

하나 간과하고 있는 사실이 있었다.

— 대천강진세!

무당파 조사인 장삼봉 진인이 남겨 놓은 절세의 대진이 가진 위력은 상상을 초월했다. 사백령의 뒤를 쫓던 중 유원종은 완전히 길을 잃어버려야만 했다. 무수히 달려드는 환상 속에 갇혀서 상당한 심력과 기력을 소모해야만 했다.

물론 잠시뿐이었다.

곧 그는 화산파의 절학인 자하구벽검을 펼쳤고, 대천강
진세의 일각을 검강으로 잘라냈다. 파훼법 그 자체를 자신
의 검으로 대신한 셈이다.

'⋯⋯그런데 이제 보니 그 모든 것이 내 미망에 불과한
것이었을지도 모르겠구나. 이렇게 가까이 있는 자들조차
파악하지 못한 터에 진세를 파훼했다고 할 수는 없을 테니
까.'

내심 눈살을 찌푸려 보인 유원종이 검병 위에서 가볍게
뛰어내렸다.

토옥!

그러며 발끝을 가볍게 뒤틀자 땅에 박혀 있던 고검이 튀
어 올라 그의 검갑으로 뛰어들었다. 흡사 자신의 의지를 가
진 듯 집으로 돌아간 것이다.

그러자 우인혜가 빠른 걸음으로 유원종에게 다가왔다.

"혹시 화산파의 매화검신 선배님이 아니신지요?"

"내가 유원종일세. 자네는 무당파의 도우 중 어떤 분의
제자이신가?"

"제 사부님은⋯⋯."

우인혜가 잠시 말끝을 흐리더니, 입가에 가벼운 한숨을
담은 채 고개를 저어 보였다.

"⋯⋯매화검신 선배님, 저는 현재 사문에 죄를 짓고 벌

을 받고 있는 중입니다. 사승 관계에 대해선 후일 장문인을 만나 물어주셨으면 합니다."

"벌을 받고 있는 중이다?"

"예······."

우인혜의 입가에 매달린 씁쓸한 기색을 눈으로 살핀 유원종이 더 묻지 않고 천천히 고개를 끄덕여 보였다.

청려한 미모의 소유자인 우인혜.

가볍되 속되지 않은 보행만으로도 상당한 내공을 느낄 수가 있다. 무당파를 대표하는 십검 중 몇 명을 알고 있으되, 그들보다 결코 못하지 않은 기도라 할 만했다.

당연히 무당파에서도 귀한 인재일 터!

'그런 아이를 무명(無名)으로 놔두는 데는 필경 그만한 이유가 있을 테지. 그나저나 정말 대단한 미모로구나. 아영이와 비교해도 그다지 손색이 없을 것 같아.'

무공이 아니라 미모로 천하에 화산파의 명성을 드높여준 자신의 손녀를 떠올리며 유원종이 화제를 바꿨다. 시선을 우인혜에게서 떼어 낸 것이다.

"한데 저쪽에 걸어가는 청년과는 관계가 어찌 되시는가?"

"저 사람은······."

우인혜가 적천경 쪽으로 고개를 돌리다 당황감에 안색을

굳혔다. 그가 금전 쪽으로 걸음을 옮기기 시작한 걸 그제야 깨달았다. 놀랍게도 당대 정파의 최고 고수인 매화검신 유원종에게 인사도 하지 않고서 말이다.

'……뭐, 저런 사람이 다 있어!'

내심 왈칵 소리를 지른 우인혜가 유원종에게 변명하듯 말했다.

"저 사람, 아니 저분은 본파의 손님입니다. 아마 부근에 펼쳐져 있는 대천강진세 때문에 머릿속이 좀 혼란스러운 것 같습니다."

"그런 것 같진 않네만."

"아니, 분명 그렇습니다!"

저도 모르게 목소리를 높인 우인혜가 유원종에게 고개를 숙여 보이고 적천경을 향해 신형을 날렸다.

현재 금전 일대는 그야말로 용담호혈(龍潭虎穴), 그 자체!

그를 그런 곳으로 가게 내버려 둘 순 없었다. 당최 무슨 일을 벌일지 알 수 없는 사람이기에.

휘익!

대천강진세 속을 한참 내달려 적천경 앞에 떨어져 내린 우인혜가 콧잔등을 찡그린 채 말했다.

"어딜 또 몰래 가려는 거예요!"

"저쪽에 좀 볼일이 있어서……."

"무슨 대단한 볼일이 있기에 매화검신 선배님에게 인사
도 하지 않으시는 거죠?"

"……매화검신?"

적천경이 고개를 갸웃해 보이자 우인혜가 인상을 써보였
다.

"설마 화산파의 매화검신 유원종 선배님을 모른다고 하
시려는 건 아닐 테죠?"

"아!"

적천경이 가볍게 탄성을 발했다. 그러나 그냥 짐짓 그리
했을 뿐이다. 표정이 시큰둥한 것이 그리 큰 감흥은 없어
보인다. 실제로 그러했기 때문이다.

그것도 잠시뿐.

곧 그가 시선을 금전에 고정시키곤 눈살을 가볍게 찌푸
려 보였다.

'아쉽게 됐군. 다시 진세가 변화를 일으키기 시작했어.'

정말 그렇다.

잠깐 사이에 환하게 뚫렸던 금전으로의 길이 다시 모호
한 운무로 뒤덮였다. 잠시 약해졌던 대천강진세의 변화가
더욱 극심해진 것이다.

그때 잠시 딴생각에 빠진 적천경의 손을 우인혜가 잡아 끌었다.

"일단 매화검신 선배님한테 가요!"

"……."

"그렇게 볼 것 없어요! 정파 무림의 큰 어른을 만났으니 가서 인사를 올리는 게 옳잖아요!"

"그러기엔 조금 늦은 것 같소만."

"늦어요?"

"……."

적천경이 대답 대신 손가락을 뻗어 유원종이 있는 방향 을 가리켰다. 그러자 자연스럽게 그쪽을 향해 시선을 돌린 우인혜의 눈이 동그래졌다.

* * *

우웅!

유원종의 고검 설중매(雪中梅)가 검갑 안에서 다시 울기 시작했다.

자신의 의지 때문?

그 정도의 귀물(貴物)은 아니다.

고검 설중매의 떨림은 오히려 유원종 본인에게 원인이

있었다. 우인혜가 곁을 떠나자마자 다시 평상시의 위세를 회복한 대천강진세의 변화에 저도 모르게 긴장하고만 때문이다.

잠시뿐이었다.

곧 고검 설중매가 떨림을 멈췄다.

그의 시야를 어지럽히며 자욱하게 퍼진 안개 사이로 한 명의 중년 도사가 걸어온 것과 동시의 일이다. 그리고 고요를 깨뜨리며 울려 퍼지는 죽편 두드리는 소리!

타닥! 탁!

중년 도사의 정체, 바로 구손이다.

그는 규칙적인 박자로 죽편을 맞부딪치며 대천강진세를 가로질러 왔다.

'설마 저자 때문에 내가 긴장했던 것인가?'

자신을 향해 똑바로 다가오는 구손을 유원종이 묘한 표정으로 바라봤다. 잠시 혼란을 느꼈기 때문이다.

그럴 수밖에 없다.

학도 구손!

굳이 신공을 움직여 몸 전체를 투시하지 않더라도 전혀 무공을 익히지 않은 사람이다. 적어도 내공 수련 따윈 평생단 한 번도 해본 적이 없을 거라고 자신할 수 있었다.

당연히 그런 자에게 정파를 대표하는 대고수인 유원종이

잠시나마 긴장했다는 건 기이한 일이었다. 일어나선 안 될 일이 벌어졌다고 해도 될 터였다.

그때 유원종 앞에 도착한 구손이 정중하게 인사했다.

"무당파의 구손이 삼가 화산파의 매화검신 유원종 대협에게 인사를 올리겠습니다."

"구손?"

"무공을 익히지 않은 학도입니다."

"그러시구료."

유원종이 비로소 이해했다는 듯 고개를 끄덕여 보였다. 그러나 눈빛은 더욱 강렬해졌다. 구손의 말을 듣고 마음속의 의구심이 더욱 짙어졌기 때문이다.

구손은 개의치 않았다.

표정 하나 변하지 않고 그가 말했다.

"유 대협께서 금일 무당산을 찾은 것은 정천맹 쪽의 부탁이 있었기 때문일 테지요?"

"서신 한 통을 받긴 했네."

"역시 그러셨군요."

미미하게 고개를 끄덕여 보인 구손이 다시 정중하게 허리를 숙여 보였다.

"유 대협의 덕분에 금일 본파는 큰 화를 면하게 되었습니다. 장문인과 무당의 제자 모두를 대신해 빈도가 삼가 감사 인사를 올리겠습니다."

"내 덕분에 큰 화를 면했다고 하셨는가?"

"그렇습니다."

"그럼 어째서 진세를 강화해 날 강압하는 것인가?"

"……."

"그렇게 볼 것 없네. 내 일평생을 오로지 검에만 바쳤긴
하였네만, 소싯적에 역경과 주역 정도는 읽어본 적이 있다
네."

투웅!

유원종이 고검 설중매의 검갑을 가볍게 퉁겼다. 그러자
순간적으로 유형화된 음파!

화르륵!

구손의 몸이 갑자기 흩어졌다. 유형화된 음파에 공격당
해 순식간에 환상이었던 것처럼 소멸해 버렸다.

대천강진세가 만들어 낸 환상!

그 한 조각으로 존재하던 구손이 사라졌다. 그리고 다시
기다란 길이 모습을 드러냈다. 마치 처음부터 그 자리에 존
재하고 있었던 것처럼 신비로운 등장이다.

저벅! 저벅!

그 길을 따라 구손이 모습을 드러냈다.

혼자가 아니다.

그의 뒤에는 황조경이 서 있었다.

그녀는 살짝 긴장한 표정을 한 채 구손과 유원종간의 대치를 바라보고 있었다. 어느새 일촉즉발이나 다름없는 긴장감이 두 사람 사이에 형성되었음을 눈치챈 듯싶다.

'망할! 어째서 내가 이런 곳에서 매화검신을 만나야 하는 거야! 화산파와는 별로 친해지고 싶지 않은데…….'

악연이랄까?

황금왕 황대구가 이끄는 황금귀상련과 화산파의 후원을 받는 화악상단은 꽤나 사이가 좋지 않았다. 북경을 중심으로 세력을 떨치는 북경거상회와 함께 이 둘이 바로 중원 삼대 상단이었기 때문이다.

하물며 황금귀상련은 한때 신마혈맹에 자금을 댄 일이 있었다. 당금 정천맹의 자금을 관리하고 있는 화악상단의 배후라 할 수 있는 화산파가 껄끄럽지 않을 수 없었다. 신마혈맹이 멸망한 후 정천맹에 줄을 대려는 황금귀상련의 무수한 노력을 연달아 차단당한 아픈 기억이 존재했다.

그리고 그중 몇 번은 바로 황금왕 황대구의 후계자인 황조경의 몫이었다. 황금귀상련의 맨 밑바닥부터 시작해 스스로의 힘으로 부련주까지 고속 승진한 그녀에게 근래 던져진 악몽이라 할 수 있겠다.

'……근데 정말 무당파와 화산파는 사이가 좋지 않구나!

아니 그렇다기보다 구손도장이 매화검신을 경계하고 있다고 보는 편이 옳으려나?'

황조경이 내심 고개를 갸웃해 보이고 구손에게 시선을 던졌다. 그가 이제부터 유원종을 어찌 대할지 궁금했다. 정파 무림의 거물인 매화검신을 상대로도 여전히 자신을 놀래킬 수 있을지 살짝 기대감을 품은 것이다.

꾸벅!

그때 유원종을 향해 허리를 크게 숙여 보인 구손이 수중의 죽편을 두들기며 그에게 다가갔다.

얼핏 갈지자로 보이는 보행!

어느 때보다 천천히 걸음을 옮기는 구손의 걸음을 유심히 지켜보던 황조경의 아미가 살짝 찡그려졌다.

'진세의 파훼법을 그냥 가르쳐 주고 있잖아! 아무리 매화검신이 대단한 인물이라 해도 타문파 사람한테 이렇게 쉽사리 문파의 비전을 가르쳐 줘도 되는 건가?'

황조경이 저도 모르게 두 볼을 가볍게 부풀어 보였다.

구손의 행동이 불만스러웠다.

그에게 걸었던 기대가 와르르 무너져 내리는 것 같았다.

그러거나 말거나 구손은 행운유수처럼 유원종에게 다가가 만면 가득 미소를 담았다.

"유 대협께서는 노여움을 푸십시오. 앞서 말했다시피 빈도는 무공을 전혀 익히지 않았습니다. 정천맹에서 보낸 서신을 통해 아시다시피 현재 자소봉 일대에 금마옥을 빠져나온 마두들이 날뛰고 있는 터라 조심하지 않을 수 없었습니다."

"날 믿을 수 없었다는 것인가?"

"마두들 중에 천면귀마라는 변장의 대가가 포함되어 있었거든요."

"천면귀마? 신마혈맹의 그 천면귀마를 말하는 것인가?"

"그렇습니다. 하지만 유 대협께서 보인 신공은 결코 천면귀마가 흉내 낼 수 없는 것이었습니다. 빈도가 지금 당장 자소궁으로 안내할 테니 따라오시지요."

"그럴 필요 없네."

"예?"

구손이 짐짓 의아한 기색을 지어 보이자 유원종이 입가에 묘한 냉소를 지어 보이곤 고검 설중매를 뽑았다.

스파앗!

순간 자하의 노을이 모습을 드러냈다.

천지를 종단했다.

그리고 활짝 모습을 드러낸 길!

방금 전까지 온갖 환상을 만들어 내고 있던 대천강진세의 일각이 깨졌다. 진 자체가 자하구벽검에 파훼되어 버리고 말았다.

그렇게 드러난 금전!

그곳으로 향하는 길목을 묵묵히 걷고 있는 한 쌍의 남녀를 향해 유원종이 바람같이 신형을 날렸다. 구손이 그들로부터 시선을 돌리기 위해 몇 가지나 되는 수작을 부렸음을 뒤늦게 눈치챘기 때문이었다.

긁적!

구손이 손가락으로 뒤통수를 긁었다.

당황한 것일까?

아니다.

그의 입가에는 오히려 신비로운 미소 한 자락이 매달려 있었다. 애초에 이 같은 상황까지 모두 예측하고 있었던 것처럼 말이다.

잠시뿐이다.

곧 미소를 싹 거둔 그가 여전히 손에 들고 있던 두 개의 죽편을 소매 속에 집어넣었다. 한동안 쓸 일이 없다는 판단을 내린 것이다.

＊　·　＊　　　＊

"아!"

우인혜가 나직이 탄성을 발했다.

연신 기기묘묘하게 변화를 일으키고 있던 대천강진세 속에서 불쑥 튀어나온 유원종의 서슬 퍼런 기세에 기가 질렸다. 잠깐 헤어진 사이에 사람 자체가 확연히 달라진 것 같다.

게다가 이번에는 검까지 뽑아들고 있다.

순식간에 코앞까지 다가온 자하의 검기!

움찔!

우인혜가 채 반응을 보이기도 전에 곁에 있던 적천경이 움직였다.

저벅!

단 한 걸음.

놀랍게도 효율적인 움직임으로 우인혜 앞을 가로막아 선 적천경이 멸천뇌운검을 치켜올렸다.

직각의 이동?

그것과는 조금 다르다. 미묘하게 어긋나 있었다. 사선에 가까운 변화를 함유했다.

팟!

결과는 단절!

자하의 검기가 잘렸다. 우인혜를 바로 눈앞에 둔 상태에서 검기의 흐름이 절단되어 버린 것이다.

그러나 그렇게 쉽게 끝날 리 없다.

쉬아악!

절단되었다고 생각했던 자하의 검기가 순식간에 수십 가닥으로 분화되었다.

사방팔방으로 쏟아져 나왔다.

그 속도는 극쾌!

최초의 목표였던 우인혜뿐 아니라 적천경까지 공격 범위에 포함되었다. 두 남녀를 한꺼번에 공격해서 수십 개가 넘는 구멍을 만들어 버리려 했다.

팟!

적천경의 멸천뇌운검이 또다시 움직였다.

이번에도 변화는 단순하다.

위로 치켜올렸던 검과 하나가 되었다. 앞으로 살짝 굽혀져 있던 무릎에 반동을 주었다. 용수철처럼 발끝에 진각을 일으키며 검과 함께 뛰쳐나간 것이다.

그 속도 역시 극쾌!

뒤에 시작했으나 앞서 분화한 자하의 검기가 만들어 낸 속도를 압도한다. 믿기 어렵지만 그렇게 검과 하나가 되었다. 그렇게 질주에 나섰다.

"헐!"

유원종이 너털웃음을 터뜨렸다.

당황감의 발로이다.

느닷없이 자신의 자하구벽검을 파훼하며 날아든 적천경의 멸천뇌운검에 대한 대응법이 딱히 떠오르지 않았다. 갑자기 머릿속이 하얗게 변해 버린 것 같았다.

그러나 그가 달리 매화검신이라 불리는 게 아니다.

빙글!

유원종이 검과 함께 신형을 회전시켰다.

발끝을 연달아 움직여서 꽤 큰 원을 만들었다.

그런 후 자하구벽검 중 절초인 자하일단섬(紫霞一斷閃)을 내려치자 적천경의 질주가 정지했다. 상대로부터 자신의 몸은 멀어지게 한 채, 근접전에 들어가려 한 유원종의 의도를 눈치챘기 때문이다.

슥!

적천경이 뒤로 물러섰다.

겅!

한 덩이 고철이나 다름없는 멸천뇌운검은 여전히 그의 몸을 가로막고 있다.

"헐!"

역시 움직임을 멈춘 유원종이 다시 너털웃음을 터뜨렸다.

이번에는 감탄이다.

잠시나마 자신과 대등하게 검을 겨룬 자를 만난 건 참 오
랜만의 일이었다. 신기하고 놀랍지 않을 수 없었다.

  "나는 화산파의 유원종이라 하네."

  "호검관의 적천경입니다."

  "호검관?"

  "작은 동네에 있는 무관입니다."

  "그렇군."

  유원종이 천천히 고개를 끄덕여 보이곤 눈에 강렬한 기
운을 담았다.

— 호검관주 적천경!

  그를 무당산으로 불러들인 정천맹주의 서신 속에 적혀
있던 이름이다. 무당파 장문인 현무진인이 자신을 대신해
대천강진세의 비어 있는 천원을 맡기기 위해 초빙한 미지
의 은거고수로써 말이다.

3장

기연(奇緣)

슥! 스스스슥!

사백령과 곽채산의 앞으로 오십여 명이 넘는 마인들이
모여들었다.

그 중심에 있는 자!

과거 신마혈맹 십팔마존에 속한 청면호와 백자살흉 이서
극. 그리고 적발혈염 백요란이다.

그들은 각자 독특한 자신들만의 기세를 드러내며 서 있
었다. 은연중 사백령과 곽채산을 포위한 채 은은한 살기를
노골적으로 발산시킨다.

사백령이 그들을 눈으로 훑고 입가에 냉소를 담았다.

"흐흐, 생각보다 많이 살아왔군."

백요란의 요염한 눈매가 살짝 치켜올라 갔다.

"역시 그런 속셈이었군요!"

"속셈?"

"무당파를 멸망시킨다는 거짓말!"

"거짓말이 아니다!"

언성을 높인 사백령이 슬쩍 시선을 옆으로 돌렸다. 목소리가 조금 작아진다.

"……계획을 조금 뒤로 늦췄을 뿐이다."

"계획을 조금 뒤로 늦췄다?"

"그래."

"하!"

백요란이 기가 막힌다는 표정을 지어 보이고 살기를 조금 더 강하게 일으켰다.

팟! 파파파팟!

곽채산은 몸 전체가 따끔거리는 걸 느끼며 음울한 눈빛을 조금 어둡게 만들었다.

팔 하나를 잃어버린 사백령!

그의 무위를 믿어 의심치 않으나 백요란을 비롯한 삼마존에게 합공을 당한다면 승리를 장담키 어려웠다. 다른 신마혈맹 마두들의 존재를 무시한다 해도 말이다.

하지만 곽채산 생각에 사백령에게는 아직 숨겨둔 수가 있었다. 그게 무언지 아직 확실하게 밝혀내진 못했으나 오랜 생존 본능이 그렇게 속삭이고 있었다.

그래서 그를 구했다.

금마옥에서 맺은 사제지간의 인연!

여태까지처럼 무엇보다 우선해야 할 맹약조차 애초에 관심 없었다. 그렇게 인세의 지옥이나 다름없는 금마옥에서 살아남을 수 있었다.

'게다가 이 빌어먹을 것들이 서로를 상잔하며 싸운다면 내겐 좋은 일이다! 아예 한꺼번에 동귀어진해서 하나도 남지 않고 몰살해 버렸으면 좋겠다!'

음험한 속내다.

결코 겉으로 드러낼 수 없는 악심(惡心)이었다.

그렇게 곽채산이 눈을 굴리고 있을 때였다.

묵묵히 자신에게 집중된 삼대마존의 시선을 조롱 섞인 표정으로 받아내고 있던 사백령이 주변을 둘러봤다. 무당파의 심장이라 할 수 있는 자소궁을 공격했다가 제법 큰 타격을 당했는지 하나같이 잔뜩 독기가 올라 있었다.

'크흐흐, 이제야 조금 쓸 만해졌다고 할 수 있으렷다!'

내심 흥소를 터뜨린 사백령이 곽채산에게 시선을 던지며 거만하게 말했다.

"채산, 인피면구를 몇 개나 준비했느냐?"

"사십 개가 조금 안 됩니다."

"그렇다는군?"

사백령의 질문은 곽채산을 향하지 않았다.

삼대마존, 그중에서도 줄곧 자신에게서 시선을 떼지 않고 있는 백요란이 목표임을 분명히 했다.

까닥!

그러자 백요란이 고개를 살짝 옆으로 뉘어 보이곤 입술을 혀로 가볍게 빨아 보였다.

"흐응, 그 사이 인피면구를 많이도 모았군요. 설마 우리로 하여금 자소궁을 공격하게 하는 동안 무당파 말코들을 죽이고 있었던 건가요?"

"단지 그것뿐일까?"

"스무 고개를 하자는 건가요?"

"미안하게 되었군. 자네 머리가 그리 좋지 못하다는 걸 깜빡 잊고 있었어."

"……."

백요란의 눈초리가 미묘하게 치켜올라 갔다. 사백령에게 집중되어 있던 살기 역시 가중되었다.

잠시뿐이다.

곧 그녀는 표정을 본래대로 되돌렸다. 사백령에게 아직

숨기고 있는 비장의 한 수가 있음을 눈치챘기 때문이다.

"요지만 말하세요!"

"그러지. 하지만 그 전에……."

사백령이 잠시 말끝을 흐린 것과 동시였다.

스으 — 팟!

자신의 기척을 최대한 죽이고 있던 곽채산이 갑자기 지축을 박차고 마두들을 향해 뛰어들었다.

콰득!

그리고 은연중 운집해놨던 소천타살마기의 폭발!

곽채산과 가장 가까운 곳에 서 있던 마두가 흉골이 가루가 되어 바닥을 나뒹굴었다. 즉사다.

"뭐, 뭐야!"

"이 빌어먹을 꼽추 녀석이!"

여기저기에서 분노성이 터져 나왔다. 그동안 금마옥 내에서 있는 대로 천대받았던 곽채산에게 동료가 맞아 죽은 것에 화가 치밀어 오른 것이다.

실수였다.

그들은 화를 내는 대신에 대비해야만 했다.

곽채산의 두 번째 공격이 자신을 향할 것에 대해 말이다.

우드득!

이번에는 수심조다.

순간 발끝을 세워서 몸의 진행 방향을 바꾼 곽채산의 쌍수가 호조(虎爪)와 응조(鷹爪)의 모양을 이뤘다. 각기 다른 야수의 형상을 그려내며 마두의 목줄을 쥐어뜯은 것이다.

"이놈이!"

"죽어라!"

마두들의 분노성이 이어졌다. 그들은 여전히 실수를 저지르고 있었다.

그리고 곽채산은 그 허점을 그냥 보아 넘기지 않았다.

퍽!

콰득!

꼽추인 몸을 최대한 낮춘 채 기괴한 보행으로 이동한 곽채산의 족퇴가 번개같이 움직였다. 수심조 역시 그냥 놀고 있진 않는다.

변화무쌍하게 움직이는 조형!

"으악!"

"크악!"

"으아악!"

마두들이 순식간에 목숨을 잃어갔다. 변변찮은 반항조차 해 보지 못하고 십여 명이 즉사해 바닥을 나뒹굴었다.

'호오?'

백요란의 눈에 이채가 어렸다.

그녀는 곽채산의 기괴하면서도 효과적인 살상 능력에 관심이 갔다.

무자비한 살상!

그야말로 묻지 마 살인을 곽채산은 자행하고 있었다. 한순간의 망설임이나 도덕적인 갈등조차 느끼지 않고서 십여 명이나 되는 마두들을 죽여 버렸다.

뭐, 그럴 수 있다.

금마옥에서 탈출한 자라면 누구든 그 정도의 독심은 가지고 있었다. 문제는 '그럴 수 있는 무위가 있느냐'였다.

'잠력격발의 위력을 아주 잘 이용하고 있다. 처음부터 그만한 내력을 지니고 있었던 것처럼 자유자재로 사용해서 살상 능력을 극대화하고 있어. 하지만 진짜 고수를 상대로도 과연 그럴 수 있을까?'

백요란의 눈이 살짝 움직였다.

청면호!

어느새 청마수갑의 칼날을 드르륵거리며 갈고 있던 그에게 신호를 보낸 것이다.

청면호는 외면하지 않았다.

"크하!"

그가 일성대갈과 함께 곽채산을 향해 뛰어들었다. 일순 몸을 가볍게 구부렸다가 도약하는 신법!

차앙!

그리고 청마수갑을 휘두른다.

놀랍게도 단숨에 곽채산을 자신의 공격권에 가둬 버렸다. 청마수갑의 칼날로 머리통을 뎅겅 잘라 버리려 했다.

"죽여선 안……."

백요란이 저도 모르게 소리를 지르다가 눈을 동그랗게 떠보였다.

"……헤에!"

탄성이 뒤이어 흘러나온다. 그녀가 보는 앞에서 청면호가 자신의 애병인 청마수갑과 함께 공중으로 퉁겨져 날아오르는 광경을 목도했기 때문이다.

게다가 그것만으로 끝이 아니었다.

슥!

순간적으로 자신을 향해 달려들던 청면호를 철산고로 퉁겨낸 곽채산이 발끝으로 지축을 박찼다. 청면호를 따라서 공중으로 뛰어오른 것이다.

콰득!

청마수갑의 칼날 사이로 손가락을 끼워 넣는다.

수심조의 변화!

공력은 소천타살마기다.

맹렬하게 수심조의 변화를 따라 유동해 청마수갑의 칼날

을 단숨에 부숴 버렸다.

카강! 캉!

그리고 곽채산의 맹렬한 회축에 얻어맞은 청면호가 복부를 감싸 안은 채 바닥에 주저앉았다. 일시 숨이 막혀서 아무런 방어도 할 수 없는 몸이 되어 버렸다.

"감히!"

"그만둬!"

곽채산을 향해 뛰어들려는 백자살흉 이서극을 백요란이 기력을 뿜어내 막았다. 이미 곽채산과 청면호의 싸움의 결과는 나왔다는 판단이었다.

슥!

곽채산이 지축을 박차고 사백령에게 돌아왔다.

"사부님, 인원수를 맞췄습니다."

"수고했다."

'인원수를 맞춰?'

백요란이 눈살을 가볍게 찌푸리다 곧 묘한 이채를 담았다. 두 사람이 한 말의 의미를 뒤늦게 깨달았다.

"설마 인피면구의 숫자 때문에 이런 짓을 벌인 건가요?"

"물론이다."

"하지만 인피면구만으로 이 망할 곳을 탈출할 순 없잖아요!"

"탈출할 수 있다."

"어떻게……."

백요란이 의혹 어린 표정을 짓다가 곽채산에게 시선을 던졌다. 그가 사부 사백령을 제치고 앞으로 나섰기 때문이다.

"그 점에 대해선 내가 설명하도록 하겠소!"

"무슨 설명을 하겠다는 것이지? 설마 무당파 녀석들이 펼쳐 놓은 대천강진세를 파훼할 방법이라도 알아낸 건 아닐 테지?"

"바로 그렇소."

"뭐?"

"여러분이 자소궁을 공격하는 동안 나는 대천강진세의 원리를 적어 놓은 진법서를 탈취할 수 있었소. 그리고 파훼법 역시 파악해냈소."

"그 거짓말, 진짜야?"

"물론이오."

사부 사백령을 따라 오만하게 대답한 곽채산이 대천강진세의 파훼법에 대해 설명하기 시작했다. 자신이 알아낸 사실을 하나도 빼놓지 않고 털어놓은 것이다.

'어차피 이들 중 진법에 대한 제대로 된 지식을 지닌 자는 사부 노괴 정도밖엔 없다. 다른 자들은 무당산을 탈출하

기 위해 내 도움을 구할 수밖에 없으니, 여기에선 굳이 속임수를 쓸 필요가 없을 것이다.'

자신만 이해할 수 있는 꿍꿍이다. 십여 명의 인명을 아무렇지도 않게 죽인 자의 섬뜩한 속내였다.

*　　　*　　　*

꽈악!

우인혜는 자신도 모르게 주먹을 힘껏 쥐었다.

느닷없이 진행된 일련의 검투!

전광석화(電光石火)나 다름없이 펼쳐졌고, 곧 멈췄다. 눈으로 따르기조차 힘든 공방과 함께 정적이 찾아들었다.

하나 그것은 일촉즉발, 그 자체!

곧 여태까지와는 비교조차 되지 않을 엄청난 검투가 시작될 것임을 우인혜는 직감하고 있었다. 그리고 그때 두 사람을 말릴 수 있는 자는 아무도 없을 터였다. 적어도 현재의 그녀에겐 그럴 힘이 없었다.

그사이 점점 더 무거워지기 시작한 대기!

무당파를 대표하는 십검과 비교해도 결코 떨어지지 않는 무위를 지녔다고 자부하던 우인혜가 몸을 가볍게 떨었다. 자신도 모르게 그렇게 몸이 반응을 보였다.

'곧 이다! 얼마 남지 않았어!'

우인혜가 내심 소리쳤을 때였다.

팟!

침묵 속에 자신을 내버려 두고 있던 유원종이 적천경을 향해 한 걸음을 내디뎠다.

그 순간 일어난 대기의 흔들림!

눈으로 보이지 않으나 분명 존재하는 대기의 한편을 비틀어버린 유원종의 손이 자신의 검을 움직였다.

고검 설중매!

유원종이 화산에 은거하기 시작한 지천명(知天命 — 오십 세) 이후 항상 함께해 왔던 애검이다. 신검이라 불리기엔 부족하나 능히 단금절옥 할 수 있는 날카로움을 지니고 있었다. 검기를 담아서 검을 날리기만 하면 단숨에 눈앞의 적천경을 두 토막 내버릴 수 있을 터였다.

'한데, 이자의 검기는 여전히 태연하군. 마치 처음부터 내가 먼저 움직이길 기다리고 있었던 것처럼 말야…….'

마지막 순간 떠오른 상념이다.

의문이었다.

팟!

그래서 유원종은 검을 뻗지 않았다. 십성에 도달한 자하신공으로 만들어 낸 대기의 비틀림 속에 갇힌 적천경의 허점을 공격하길 포기했다.

슥!

그리고 오히려 신형을 뒤로 물린다.

이는 흡사 통성명을 하기 전 나눴던 한차례 검투의 끝과 비슷하다. 공격할 수 있으되 하지 않고, 반격할 수 있으되 하지 않은 것이었다.

단지…….

달라진 점은 주체다.

적천경이 선(先)이었고, 유원종이 후(後)였다.

동일한 방법으로 두 사람은 비검을 회피했다. 서로 검을 맞대길 포기하고 각자의 방식대로 물러서는 걸 택했다.

"후아!"

우인혜가 참았던 호흡을 내뱉었다.

두 번째 검투!

첫 번째와 마찬가지로 갑작스럽게 시작했다가 순식간에 끝났다. 바로 코앞에서 벌어졌는데도 당최 이해가 가지 않는다. 별다른 검의 교합도 없이 끝나버렸다.

하지만 유원종의 자하신공이 대기를 비틀어버렸다.

압도적인 압박감!

순간적으로 우인혜의 전신을 옭아맸다. 옴짝달싹도 못하게 만들었다.

당연히 우인혜로선 내공을 일으켜 저항할 수밖에 없다.

무당파의 태극신공(太極神功)을 운기한 채 그녀는 압도적인 자하신공의 압력으로부터 자기 자신을 보호했다. 그게 할 수 있는 일의 전부였다.

덕분에 자연스럽게 들썩인 가슴골!

우인혜는 한동안 호흡을 가다듬으며 혼절하지 않기 위해 최선을 다했다.

여전히 일촉즉발이나 다름없는 눈앞의 검투!

어떻게든 정신을 유지하고 싶었다.

다신 볼 수 없을지도 모를 최정상 고수간의 대결에서 결코 눈을 떼고 싶지 않았다.

한데 그때 엉뚱한 곳에서 상황이 급변했다.

툭!

투투투투투툭!

여전히 서로의 검에 시선을 고정시키고 있던 두 사람, 적천경과 유원종의 중간 지점에 죽편들이 떨어져 내렸다.

첫 번째 죽편!

방금 전까지 유원종이 발출한 자하신공에 짓눌려 변색되어 버린 바위 부근에 떨어진다.

두 번째 죽편!

바닥을 향해 내려뜨려진 채 자신을 향해 날아드는 자하

신공의 기운을 흩트리고 있던 멸천뇌운검의 바로 앞이다. 마치 후속 동작 자체를 막아버리려는 것처럼 불쑥 떨어져 내렸다.

그리고 우박처럼 사방으로 떨어져 내린 죽편의 비!

순식간에 적천경과 유원종의 검투 영역을 흩트려 버린다. 모호하게 만들었다.

'한 방 맞았군!'

'역시 남존무당이란 것인가!'

적천경과 유원종이 거의 동시에 감탄의 기색을 보이며 검을 거뒀다. 느닷없이 벌어진 두 번째 검투는 그렇게 종언을 고했다.

사라라라락!

그때 대천강진세의 일각에서 다시 변화가 일었고, 한 쌍의 남녀가 모습을 드러냈다. 구손과 황조경이 유원종의 뒤를 쫓아온 것이다.

"당신!"

"여어!"

구손과 눈인사를 한 후 아름다운 두 눈 가득 노여움을 담은 황조경을 향해 적천경이 손을 들어 보였다.

자못 여유가 넘치는 표정!

그리 오래가진 못했다.

파앗!

발끝으로 지축을 박차고 공중으로 뛰어오른 황조경이 한 차례 회전과 함께 적천경의 안면을 무릎으로 가격했다.

퍽!

제대로다!

흠을 찾을 수 없을 만큼 정확하게 황조경의 슬격은 적천 경의 얼굴에 틀어박혔다.

휘청!

적천경이 신형을 크게 비틀거렸다. 바닥에 주저앉지 않 은 게 다행일 정도의 타격을 당했음이 분명하다.

"앗!"

황조경이 바닥에 떨어져 내린 후 당황한 기색이 되었다.

공격한 당사자!

그러나 설마 단숨에 성공하리라곤 생각지 못했다. 적천 경의 무공이 얼마나 고강한 지 누구보다 잘 알고 있었기 때 문이다.

잠시뿐이다.

'흥! 일부러 얻어맞아 주시겠다?'

곧 안색을 더욱 강하게 굳힌 황조경의 주먹이 적천경의 복부를 노렸다. 이번에는 내력까지 실었다. 무당산 아래에

서 자신을 따돌린 것에 대한 분노를 한꺼번에 폭발시킨 것
이다.

하나 갑자기 훼방꾼이 끼어들었다. 우인혜다.

파팍!

황조경의 상반신 전체를 노리는 현란한 각영!

자오원앙각이다!

그리고 뒤이어 우인혜의 부드럽되 굳건한 면장(綿掌)이
황조경의 허리춤을 찔러 들어온다. 연달아 펼쳐졌으되 거
의 동시에 도착한 공격에 순식간에 갇혀버리는 형국이 되
었다.

그러나 황조경이 달리 적봉황이라 불리는 게 아니다.

"핫!"

짤막한 기합과 함께 그녀의 전신에서 강렬한 기파가 폭
발적으로 쏟아져 나왔다.

"강기?"

"맞아!"

황조경이 차가운 한마디와 함께 발끝으로 지축을 휘저으
며 우인혜에게 부딪쳐갔다.

철산고!

강기가 담겨진 몸통 공격이 우인혜에게 파고들었다. 그
녀의 몸을 박살 내려 했다.

하나 그 순간 놀랍게도 방향 이동에 성공한 우인혜!

스슥!

발끝으로 유운신법의 변화를 보인 그녀의 쌍수가 기묘한 흔들림을 보였다. 면장을 추수로 운용해 우인혜의 강력한 일격을 옆으로 흘려보내려 한 것이다.

휘청!

덕분에 황조경의 신형이 큰 흔들림을 보였다.

철산고에 집중시켰던 강기공조차 큰 위력을 발휘할 수 없게 되었다.

패앵!

그 미세한 틈을 노려 우인혜가 수장을 날렸다.

손날을 세워서 황조경의 머리에 가벼운 일격을 가했다. 여전히 부드러우나 상대의 대응에 따라서 목뼈를 부러뜨릴 수 있는 위력이 숨겨진 수법이다.

슥!

적천경이 끼어든 건 바로 그때였다.

"자! 여기까지!"

"……."

"……."

느닷없이 파고든 그가 가볍게 손을 내젓자 황조경과 우인혜가 거의 동시에 거리를 벌렸다.

어째서 그랬을까?

입을 앙다문 채 두 여인은 적천경을 노려봤다. 그가 별다른 무공을 펼치지 않았음을 뒤늦게 깨달았기 때문이다.

'쳇! 그런데도 나는 지레 뒤로 물러섰구나!'

'부끄럽구나! 저 멍청한 사람이 끼어든 걸 보고 대결 중에 허점을 보이고 말았으니…….'

어느새 싸움을 벌였던 상대 따윈 안중에도 두지 않게 되었다. 두 여인의 관심과 시선은 온통 적천경만을 향하고 있었다.

잠시뿐이다.

곧 우인혜에게 시선을 돌린 황조경이 정중하나 날카롭게 말했다.

"초면에 실례가 많았군요. 저는 황금귀상련의 황조경이라 해요. 여협께서는 무당파의 제자이신 것 같은데 어째서 갑자기 절 공격하신 거죠?"

"아! 상계의 인물이셨군요. 한데 어째서 상계의 인물이 무당산에 올라 무고한 사람을 공격한 건가요?"

"무고한 사람이라……."

황조경이 반문과 함께 적천경을 살짝 흘겨봤다. 잠시 헤어진 사이에 우인혜 같은 미녀와 연관된 것에 기분이 언짢아진 것이다.

그러나 적천경은 이미 그녀들에게서 몇 걸음 뒤로 물러서 있었다. 싸움을 뜯어말렸으니 자신이 할 바는 끝났다고 여기는 듯하다.

'……그렇게 나오시겠다?'

내심 눈살을 찌푸려 보인 황조경이 우인혜에게 언제 화를 냈냐는 듯 빙긋 웃어 보였다.

"후후, 아무래도 오해가 있었던 것 같군요."

"어떤 오해가 있었다는 건가요?"

"저는 무당파의 적이 아니에요. 그리고 호검관주와도 본래 친숙한 사이라……."

"그런데 어째서 사람을 보자마자 폭력을 가한 거죠?"

"……거기에는 말하기 어려운 사정이 있답니다."

황조경이 묘한 느낌이 담긴 한마디를 던지곤 어깨를 가볍게 추어 보였다. 적천경과의 깊은 인연을 우인혜에게 은연중 드러낸 것이다.

꿈틀.

우인혜의 미간 사이에 작은 골이 패였다.

'마음에 들지 않아!'

왜 그런지는 모르나 살짝 열이 받았다. 갑자기 자신만만해하는 황조경의 태도가 무척 눈에 거슬렸다.

그때 황조경이 슬금슬금 자신에게서 멀어져가던 적천경

을 향해 버럭 소리 질렀다.

"또 어딜 가려는 거예욧!"

"아니, 나는 그냥……."

"아직 덜 맞았다고 생각하는 건 아닐 테지요?"

"……설마!"

"똑바로 대답해요!"

"그렇지 않소. 황 소저에게 적당할 정도로 맞았다고 생각하오."

"그럼 설명해 봐요!"

"설명?"

"어째서 무당파의 영역에서 화산파 제일의 고수와 검을 나누고 있었는지에 대해서 말예요!"

"……."

적천경이 입을 다물었다. 황조경이 한 말속에 깃든 가시를 느꼈기 때문이다.

마찬가지 느낌이었을까?

우인혜가 눈살을 찌푸려 보이며 적천경 대신 나섰다.

"적 관주는 오늘 무당파를 위해 큰 공을 세우셨어요! 그리고 화산파의 매화검신 선배님에 대해서 이미 알고 계신 것 같은데, 말씀을 가려해 주세요!"

"적 관주가 무당파를 위해 큰 공을 세웠다고요?"

"그래요. 적 관주 덕분에 많은 무당파의 제자들이 악도들로부터 목숨을 구할 수 있었어요. 그렇지 않은가요? 매화검신 선배님!"

갑작스러운 죽편의 출현 이후 고심에 빠져 있던 유원종이 우인혜를 향해 빙긋 웃어 보였다. 그녀가 적천경과 자신의 체면을 동시에 챙겨 주려 함을 눈치챘기 때문이다.

하긴 무림 중에서 그의 신분은 지고(至高)하다 할 수 있었다. 함부로 검을 뽑을 수 없고, 쉽사리 집어넣을 수 없는 처지니 자칫 오늘의 일은 구설이 될 수 있을 터였다.

그 같은 생각과 함께 유원종이 황조경에게 시선을 던졌다.

'저 처자는……'

눈에 익은 얼굴이다. 과거 화산파에 찾아와서 장문인에게 정천맹에 대한 지분 중 일부를 황금귀상련에 넘기라며 생떼를 써댔던 여인이었다.

'……그렇다는 건 무당파가 황금귀상련과 손을 잡았다고 봐야 하는 것인가?'

그냥 넘길 일이 아니다.

세속의 일에서 일찌감치 손을 떼긴 했으나 여전히 그는 화산파 태상장로였다. 본래는 정천맹주의 꾐에 빠져서 무당산에 왔으나 생각 이상으로 일이 복잡해졌다.

평생 피해 왔던 정치적인 사안!

딱 걸렸다.

유원종은 자신도 모르게 고검 설중매를 쥔 손에 힘이 들어가는 걸 느꼈다.

툭!

한데 그때 유원종의 바로 앞에 예의 죽편 하나가 떨어져 내렸다.

이번에는 처음과 다르다.

죽편은 갑자기 아무것도 없는 허공중에서 떨어져 내린 것이 아니라 바로 코앞에서 날아왔다. 평범한 속도에 평범한 호선을 그리며 유원종의 발치에 꼿꼿하게 박혔다.

'역시 방금 전 내 검기를 억제하는 괴상한 진법을 펼친 건 저 학도였구나!'

유원종의 시선이 구손을 향했다.

순식간에 황조경에 대한 관심이 사라졌다. 자신을 줄곧 고심하게 했던 죽진(竹陣)의 주인을 확인했기 때문이다.

그때 구손이 유원종에게 한차례 눈인사를 한 후 주변을 둘러보며 낭랑한 목소리로 말했다.

"금일 본파에 닥쳐왔던 액겁이 이미 물러갔습니다! 이제 얼마 후면 대천강진세 역시 사라질 터인즉, 자소궁으로 향해서 빈도와 다과라도 함께 하시는 것이 어떻겠습니까?"

'액겁이 물러갔다라……'

유원종이 묘한 표정으로 눈살을 찌푸려 보였을 때였다.

어느새 눈싸움에 들어간 두 여인에게서 빠져나오는 데 성공한 적천경이 얼른 찬동을 하고 나섰다.

"난 찬성이오!"

'저 인간이 어느 틈에!'

'정말 한시도 눈을 떼어선 안 될 사람이로구나……'

황조경과 우인혜가 서로 시선을 교환한 후 적천경에게 향했다. 은연중 그와 뜻을 함께하겠다는 의지를 드러낸 셈이다.

그러니 세는 기울었다고 함이 옳다.

스릉!

고검 설중매를 검갑에 집어넣은 유원종이 구손에게 미미하게 고개를 끄덕여 보였다.

"학도 구손이라 했던가?"

"그렇습니다."

"앞장서시게."

"예."

정중하게 고개를 숙여 보인 구손이 바닥에 꽂혀 있는 죽편을 꼼꼼하게 챙긴 후 자소궁으로 안내했다.

그러자 놀라운 일이 벌어졌다.

사르륵!

사르르르르륵!

어느새 지난 수개월간 무당산 자소봉을 감싸고 있던 대천강진세의 기운이 점차 사라지기 시작했다. 구손이 말한 것과 조금도 틀리지 않은 변화였다.

*   *   *

흠칫!

대천강진세의 초입인 해검지를 벗어나고서야 인피면구를 벗은 곽채산이 눈살을 가볍게 찌푸려 보였다.

'진세의 변화가 빠르게 힘을 잃고 있다! 설마 무당파에서 벌써 우리의 탈출을 눈치챈 것인가?'

금마옥을 탈출한 마두의 숫자는 대략 백여 명!

그중 거진 육십여 명이 그동안 대천강진세에 갇혀서 죽어갔다. 자소봉 전체에 펼쳐진 지독한 진세에 갇혀서 이리저리 헤매다가 무당파 제자들에게 도륙당한 것이다.

물론 무당파의 피해도 컸다.

대천강진세의 천원을 맡고 있던 현허진인을 반신불수의 폐인으로 만들고, 무당십검 중 네 명을 죽였다. 그리고 자소궁을 습격해서 불태우고, 수십 명이 넘는 무당 제자들을

살육했다. 금마옥에 갇혀 있는 동안 쌓인 울화를 그럭저럭
풀었다고 할 수 있을 터였다.

하지만 곽채산의 생각은 달랐다.

그는 사부 사백령이 탈출 전에 무당파를 멸문시키겠다던
호언장담을 처음부터 믿지 않았다. 그럴 힘이 있다면 처음
부터 금마옥에 갇혀서 세월을 보냈을 리 없다는 판단이었
다.

게다가 그가 알기에 사백령은 다른 신마혈맹 출신들보다
훨씬 일찍 금마옥에 갇혀 있었다. 모종의 이유가 있어서 무
당파를 기습했다가 실패한 때문이다.

그렇다면 그가 탈출을 계속 뒤로 미룬 데는 필경 그에 합
당한 이유가 있을 터였다. 그리고 그건 어쩌면 향후 무림
전체의 운명을 좌우할 만큼 놀라운 것일지도 몰랐다.

— 기연(奇緣)!

고향을 떠나 무림에 발을 내디딘 이래 곽채산이 매일같
이 꿈꿨던 일이다. 어린 시절부터 함께 자란 적천경에게 항
상 떠들어 대곤 했던 일이었다.

이야기책 속에서 들어왔던 기연을 얻어 무림의 영웅이
되자! 그래서 우리를 삼류 낭인이라 떠들어댔던 녀석들에

게 본때를 보여 주자!

한 끼 식사를 위해 이름도 기억나지 않는 장군 휘하의 병사가 되어 변경의 전장을 헤매며 항상 떠들어 댔다. 하루하루 남의 먹을 걸 훔치고, 남을 속여서 가까스로 목숨을 부지하는 때에도 결코 잊지 않았던 일이었다.

하지만 어느 날 친구 적천경이 떠나갔다.

느닷없이 사부란 자를 만나서 곽채산의 곁을 떠나갔다.

단 한 번 돌아보지도 않고서…….

그 후 곽채산은 더 이상 자신의 꿈인 기연에 대한 얘기를 늘어놓을 사람이 없어졌다. 여전히 삼류 낭인으로 무림을 전전하며, 여전히 하찮은 이유로 죽을 위기를 넘기며 그렇게 하루하루를 버텨왔다.

그리고 죽었다!

언제나처럼 돈 몇 푼에 끼어든 무림 문파간의 싸움 중에 칼을 얻어맞아 빈사 상태에 빠졌고, 금마옥이란 인세의 지옥에 갇혔다. 어느 누구의 도움이나 구원도 받지 못한 채 칠 년이란 세월을 보내야만 했다.

당연히 우연찮게 맡은 기연의 냄새는 곽채산을 흥분시켰다. 오랫동안 잊고 있던 꿈을 되살려냈다. 친구 적천경에게 떠들어댔던 모든 허풍들을 하나도 남김없이 떠오르게 했다.

'어차피 한 번 죽었던 몸! 이번에 얻은 기회를 절대 놓쳐선 안 될 것이다! 세상이 주지 않는다면 내가 직접 기연이란 놈을 만들어낼 것이야!'

내심 중얼거린 곽채산이 사부 사백령의 명령을 따르는 동안 자소궁에서 얻은 보물을 떠올리며 눈을 빛냈다. 무당산을 탈출하는 데 성공하기만 하면 분명 엄청난 기연이 될 것이 분명한 비급과 영약들의 존재에 마음이 흐뭇해졌다.

그때 그의 뒤를 조용히 따르고 있던 사백령이 갑자기 음침한 목소리로 말했다.

"모두 잠시 걸음을 멈춰라!"

"왜 그러는 거지?"

그와 조금 떨어져 움직이고 있던 백요란이 신경질적인 반응을 보이자 청면호와 이서극 역시 살기를 일으켰다. 은연중 사백령이 무리의 우두머리 노릇을 하는 것에 불만이 많은 모습들이었다.

그러나 사백령은 개의치 않았다.

슥!

한 손을 들어 올리는 것만으로 불만에 찬 삼마존의 기세를 밀어낸 그의 전신에 검은 기운이 넘실대며 일어났다. 이미 소천타살마기를 일으킨 것이다.

변화는 그 순간 찾아들었다.

쉬악!

귓전으로 파고든 파공성!

그보다 더 빠른 화살이 사백령을 향해 날아들었다. 중천에 뜬 태양을 살짝 가리더니 맹렬한 기세로 떨어져 내렸다.

카캉!

사백령이 소천타살마기를 잔뜩 담은 수심조로 자신을 노리며 떨어져 내린 화살을 쳐냈다. 전체가 강철로 되어 있는 철시인지라 쇳소리가 난다. 일반적인 강기공을 뛰어넘는 순도의 소천타살마기로도 간단히 처리하기 어려운 위력이 담겨져 있다.

게다가 공격은 이것으로 시작!

"크악!"

"으악!"

"으아악!"

연달아 우박처럼 하늘에서 떨어져 내린 화살의 비에 십여 명의 마두가 비명과 함께 쓰러졌다. 무림에 나가면 한 지방에서 명성을 날릴 만한 무공 실력을 지니고 있었던 자들이 추풍낙엽처럼 목숨을 잃어버린 것이다.

당연히 그것만으로 끝일 리 없다.

"우와아아!"

"우와아아!"

우렁찬 함성과 함께 일단의 군마가 몰려들었다. 적어도 수천 기에 달하는 정병들이다.

백요란이 어이없다는 표정이 되었다.

"망할! 저 빌어먹을 새끼들은 뭐야?"

"관병이다. 그것도 한 지역을 다스리는 도지휘사사 정도는 되어야 다룰 수 있을 정도의 병력이야."

"관병? 그것들이 어째서 무당산에는 이렇게 많이 기어왔는데? 설마 무당파의 말코 장문인이 반역이라도 벌이려 한 건가?"

"그건 나도 모르지."

이서극이 고개를 저어 보이고 시선을 사백령에게 던졌다. 점차 그들을 향해 몰려오고 있는 군마를 노려보고 있는 그에게서 뭔가를 알아내고 싶은 모습이다.

'그러고 보니 저 천사혈부의 늙은이는 우리보다 금마옥에 먼저 갇혀 있었었지……'

백요란이 내심 염두를 굴리고 사백령에게 다가가려 할 때였다.

사사삭!

갑자기 일행의 앞을 가로막고 뛰쳐나온 곽채산이 목소리를 높였다.

"살려면 지금 당장 중앙을 치고 나가야만 합니다!"

"중앙을 치고 나가?"

"살려면?"

백요란과 이서극등이 반문과 함께 곽채산을 노려봤다. 그가 한 말의 의미를 파악하지 못했기 때문이다.

사백령은 달랐다. 군마의 움직임에만 고정되어 있던 그의 시선이 곽채산을 향했다.

"어째서 중앙이지?"

"이곳이 아직 산의 중턱이기 때문입니다."

"기마의 돌격은 사실 허장성세(虛張聲勢)일 거라 생각하는 것이냐?"

"그렇습니다. 필경 가장 강한 병력은 우회하여 배후를 치려고 할 것입니다."

"좋아!"

나직한 한마디와 함께 사백령이 곽채산의 뒷덜미를 낚아채곤 신형을 날렸다.

기마의 중앙!

곽채산이 한 말과 한 치의 다름이 없다.

"이 망할 늙은이가! 혼자만 살아남겠다는 것이냐!"

"⋯⋯."

"⋯⋯."

백요란이 버럭 화를 내곤 다른 마존들과 함께 신형을 날렸다. 살아남은 마두들 역시 황급히 그들의 뒤를 따랐다.

곽채산의 한마디가 갑자기 전황을 바꿔버린 것이다.

4장

성조(聖祖)의 보검!

천여 기 군마의 중심.

커다란 차양이 처져 있는 가마에 한 명의 백의 면사인이 몸을 절반쯤 파묻고 있다.

대략 이십 세가량 되었을까?

얼굴의 반면을 가렸음에도 수려한 아미.

청수한 눈빛이 지닌바 화려한 용모를 짐작케 한다.

전면에 위치한 무당산 자소봉 쪽을 묵묵히 바라보고 있던 백의 면사인이 갑자기 눈살을 찌푸려 보였다.

"기마 돌격에 대해 아는 자가 있었던 건가?"

"그런 것 같군요."

"그럼 어떻게 하지?"

"특출난 고수가 몇 명 포함되어 있는 것 같긴 하나 기껏 해야 수십에 불과하니 그냥 놔둬도 될 것 같습니다."

"그러다 대영반 영감 몰래 끌고 온 도지휘사사의 병력 피해가 많으면 어쩌고?"

"그야……."

그동안 혼잣말이나 다름없는 백의 면사인과 주거니 받거니 하던 가마 옆의 중년 무장 나현이 잠시 입을 다물었다.

불현듯 깨달음을 얻었다.

그의 직속상관이자 생사여탈권자인 백의 면사인은 지금 질문을 하고 있는 게 아니었다.

'그보다는 재촉! 부영반의 성품상 조금 더 시간을 끌었다간 최소한 귀 한쪽은 내놔야겠구나!'

나이 여덟!

망한 집안을 다시 일으키겠다는 일념으로 창위에 들어가 지금까지 무탈하게 버텨온 나현의 눈치다. 혈연이란 강력한 무기를 앞세워 약관의 나이에 자신의 직속상관이 된 부영반의 성품 정도는 꽤 오래전에 파악한 터였다.

슥!

문득 타고 있던 말에서 뛰어내린 나현이 부영반에게 군례와 함께 말했다.

"……소신이 부영반님의 근심을 풀어드리겠습니다!"

"나 대주가 나서려는 거야?"

"예, 바로 정리하겠습니다."

"흠."

부영반이 잠시 생각하는 표정을 짓고는 미미하게 고개를 끄덕여 보였다.

그러자 갑자기 나현의 주변으로 모여든 오십여 개의 그림자!

황제의 친위대라 할 수 있는 창위의 무수히 많은 무투조직 중에서도 최강이라 불리는 황천지멸대(皇天至滅隊)의 등장이다.

그리고 대주 나현!

무림 중에선 아직 무명(無名)이었다.

쾅!

사백령이 어이없다는 표정으로 자신의 앞을 가로막아선 나현을 바라봤다.

전력을 다한 일격!

당대 무당파 최강의 고수라 알려진 현허진인조차 항거불능 상태로 몰아넣었던 공격이었다. 곽채산의 말대로 우회한 기마대의 본진이 몰려들기 전에 포위진을 빠져나갈 작정이었기 때문이다.

'그런데 그걸 막아내?'

사백령이 딱딱하게 굳은 표정으로 나현에게 말했다.

"노부는 사백령이다. 이만한 솜씨라면 무림명 정도는 있을 테지?"

"없는데?"

"……."

"아! 그렇게 쳐다보지 마! 계속 자금성에서만 지내서 무림에 나온 건 이번이 처음이거든."

"본래 관부의 개였군."

"그런 식으로 말하면 듣는 관부의 녹을 받아먹고 사는 사람님의 기분이 나빠지지."

나현은 말뿐인 사람이 아니었다.

슈파팍!

그는 방금 전 사백령이 전력을 다한 수심조를 막아 낸 수중의 단창을 곧바로 휘둘렀다.

무림에서는 보기 드문 창술!

게다가 순식간에 길이가 늘어난다.

단창으로 보였던 나현의 창이 갑자기 기묘한 변화를 일으키며 사백령의 전신 요혈을 찔러 들어왔다. 연속해서 세 군데를 공격했다.

특히 마지막 일초!

얼마 전 적천경에게 잘린 팔 쪽을 사양치 않고 노렸다. 공략했다. 한차례 손속을 나눈 것만으로 그쪽 방면에 치명적인 약점이 생겨난 것을 눈치챈 것이다.

'날카롭다! 그리고 까다롭다!'

사백령이 수심조로 나현의 기형창을 막아내며 내심 눈살을 찌푸렸다.

키는 중간쯤?

팔과 다리 역시 마찬가지.

이제 사십이나 되었을까 싶은 평범한 외양의 소유자인 나현의 무공은 비범했다. 특별한 신공절학을 익힌 것 같지 않은데 상대하기가 쉽지 않았다. 적천경에게 팔을 잘리지 않았다 해도 백 초식 이전에는 제압하기가 어려운 강자였다.

'하물며 현재의 나는 한 팔이 잘려서 무공이 삼 할가량 손색을 입은 상태다. 목숨을 건다 해도 단시간 내에 승부를 결할 순 없을 것이다.'

판단은 냉정하고, 결단은 빨라야만 한다!

내심 염두를 굴린 사백령이 연달아 수심조의 절초 몇 초를 펼쳐서 나현의 기형창을 쳐낸 후 빠르게 뒤로 물러났다.

슉!

'뭔가 있군…….'

나현이 기형창을 거두고 역시 뒤로 물러났다.

처음부터 기마의 포진이 끝날 때까지 시간을 끌 요량으로 나선 터였다. 포위진을 돌파하려던 사백령이 스스로 물러선 이상 굳이 공격할 이유는 없었다.

그때 사백령이 말했다.

"천지잠룡(天地潛龍)! 비상천하(飛上天下)!"

"응?"

"천지잠룡! 비상천하!"

재차 사백령이 외치자 나현이 떨떠름한 표정으로 화답했다.

"구중천(九重天)! 심중충의(心中忠義)!"

"과연 창위 출신이었군."

"황천지멸대주 나현올시다. 소속을 밝히도록 하시오."

"사백령이네."

"천사혈부주?"

놀란 표정이 된 나현에게 사백령이 주변을 살피곤 낮은 목소리로 말했다.

"대영반과 함께 오셨는가?"

"현재 소신은 부영반 합하를 모시고 있소이다."

"부영반?"

"서열상으로만 그럴 뿐이오."

'서열상으로만 그렇다…….'

내심 염두를 굴린 사백령이 눈에 안광을 담은 채 말했다.

"부영반과 자네가 이만한 병력을 이끌고 무당산에 온 연유는 금전 때문일 테지?"

"그건 말할 수 없소이다."

"대답한 걸로 알겠네. 노부는 아직 천자급의 밀명이 아직 끝나지 않았으니 자네가 길을 열어 주게나."

"천자급의 밀명이라고 하셨소이까?"

"그러네."

대답과 함께 사백령이 손가락으로 기묘한 결인(結印)을 만들어 보였다.

— 죽음의 주박!

창위에 속한 무사!

그중에서도 가장 중요한 천자급 밀명을 수행하는 자에게거는 죽음의 대법이다. 한번 걸리면 반드시 시전자가 풀어 줘야만 죽음을 피할 수 있다고 알려져 있다.

당연히 나현도 알고 있었다.

갑자기 직속상관이 된 부영반이 종종 웃으며 권하곤 했

기에.

　'허! 정말 그 미친 주박을 받아들이고, 천자급 밀명을 수행하는 자가 있긴 있구나…….'

　내심 혀를 찬 나현이 절대 부영반의 악마 같은 권유에 넘어가선 안 되겠다고 생각하며 고개를 끄덕여 보였다.

　"가시오!"

　"혼자는 곤란하네."

　"열 명까진 살려 보내 주겠소이다."

　"……."

　사백령이 잠시 나현을 바라보곤 재빨리 신형을 날렸다.

　족히 수천 기가 넘게 동원된 기마!

　금일 무당산에서 벌어질 일은 결코 자신이 맡은 천자급 밀명에 비해 못하지 않을 터였다. 많은 수의 목격자를 남겨 둘 만한 일이 아니란 뜻이다.

　'흥! 말이 씨가 된다고 무당파는 오늘 진짜로 멸문당할지도 모르겠구나!'

　내심 냉소를 터뜨린 사백령에게 몇 명의 황천지멸대 무사를 상대로 분전하고 있는 곽채산이 보였다.

　무당산 탈출의 일등 공신!

　애초에 생각했던 것보다 제법 쓸 만한 구석이 있다. 아직까지는 버릴 패는 아닐 터였다.

그리고 삼마존!

그들 역시 필요했다. 천자급 밀명의 완성을 위해 천사혈부와 신마혈맹의 잔존 세력 확보는 꽤나 중요했기 때문이다.

*   *   *

탁!

구손이 갑자기 죽편 하나를 탁자에 던지며 고개를 가로저었다.

묘하게 흐려진 안색.

뭔가 무척이나 마음에 들지 않는 표정이다.

"다시 흉(凶)이 나올 줄이야!"

"과연 흉이로군요."

적천경이 다가와 죽편을 바라보며 아는 체하자 구손이 눈을 반짝이며 말했다.

"적 도우께서 역경을 아십니까?"

"모릅니다."

"모른다?"

"저는 평범한 무부(武夫)라 글공부와는 담을 쌓은 지 오래입니다. 그래서 과거 아내에게 참 많이도 혼이 났었지요."

"아내가 있었어요?"

갑자기 목소리를 높인 건 부근에 앉아 있던 우인혜였다. 들고 있던 찻잔에서 찻물까지 몇 방울 바닥에 떨어뜨렸다. 그만큼 놀란 것이다.

적천경이 씁쓸하게 웃어 보였다.

"예, 있었지요."

"있었지요?"

의혹에 찬 표정이 된 우인혜에게 적천경이 다시 예의 미소를 지어 보이고 입을 다물었다.

아직도 가슴에 남아 있는 상실감!

그동안 처제 소하연을 보살피며 어느 정도 해소했다고 생각했는데 그렇지가 못하다. 아직도 처 소연정을 떠올리면 가슴이 아릿하게 아파온다.

그러자 우인혜가 비로소 자신의 신색을 깨닫고, 안색을 가볍게 붉혔다. 처음으로 적천경이란 사내의 진면목 중 일부를 보게 되었음을 눈치챈 것이다.

그때 구손이 분위기를 환기하려는 듯 말했다.

"적 도우께서는 그럼 어째서 이번 괘가 흉인 것을 아신 것입니까?"

"예전에 한 번 본 적이 있어서 아는 척을 해봤을 뿐입니다.”

“대흉은 아니었으니 다행이었겠군요?”

“그렇습니다. 대흉은 아니었습니다.”

적천경이 대답과 함께 육 년 전의 어느 날을 떠올렸다.

— 흉다길소(凶多吉小)!

아내 소연정과 혼인을 올리기 전 찾았던 칠성당에서 재미삼아 봤던 점괘였다. 향후의 고단함을 예견한 듯한 점괘였으나 적천경은 전혀 개의치 않았다. 아내 소연정과의 혼인 생활 중 적지 않은 기간 동안 행복했기 때문이다.

‘가장 중요한 건 내가 단 한 번도 후회하지 않았다는 것이다!’

내심 중얼거린 적천경이 문득 떠오른 듯 말했다.

“한데 구손 도장님, 무슨 점괘를 뽑은 겁니까?”

“본파에 관한 것이지요.”

“무당파…….”

“예, 아무래도 금일 본파에서 벌어질 소란이 아직 끝나지 않은 듯합니다.”

구손의 말이 끝나자마자 방문이 열리며 황조경이 들어왔다.

살짝 찡그려져 있는 옥용.

매화검신 유원종과 무당파 장문인 현무진인을 보러 떠났을 때의 당당함이 전혀 보이지 않는다.

"곤란한 일이 벌어졌어요!"

'흉다길소!'

적천경이 구손을 바라보며 내심 소리치고 황조경에게 말했다.

"황 소저의 힘으로 해결할 수 없는 문제인 거요?"

"적 관주는 지나치게 절 높게 평가하시는군요."

"전혀 지나치지 않다고 생각하오. 내가 아는 황 소저는 어떤 불가능한 일이라도 가능하게 할 수 있는 능력자이니 말이오."

"하! 저렇게 확신을 가지고 믿어주는 사람이 있다니! 정말 누구는 참 좋겠군요!"

우인혜는 비꼬는 말투와 어울리는 표정을 아낌없이 얼굴에 드러내 보였다.

"고맙군요."

그러자 황조경이 우인혜에게 한차례 고개를 숙여 보였다. 언제 손발을 날리며 싸웠냐는 듯 공손하고 기품 있는 태도다.

'왜 이런 식으로 나오는 거람? 졸지에 내가 이상한 년이 되어 버렸잖아!'

우인혜가 낯을 가볍게 붉혔다. 상대의 어른스런 태도에 자신이 초라하다고 생각된 것이다.

황조경이 그녀에게 미소 지어 보인 후 적천경을 향해 다시 시선을 고정시켰다.

"죄송하지만 아무래도 이번엔 제가 적 관주의 기대에 부응할 수 없을 것 같아요."

"괜찮소."

"예?"

"내게 여전히 한 자루 검이 있으니, 황 소저는 너무 걱정할 필요가 없다는 것이오."

"그건……."

황조경이 뭐라 더 말하려다 생긋 미소 지어 보였다.

보기 드문 호언장담!

지난 칠 년 간 작은 무관인 호검관을 지켜왔던 적천경에겐 어울리지 않는 모습이다. 살짝 낯설기까지 하다.

'설마 나 때문일까?'

가능성만으로도 설렌다.

항상 소연정, 소하연 자매에게만 향해있던 따뜻함, 조심스런 배려의 감정에 가슴이 저릿해져 온다. 너무나 오랫동안 간절히 원해왔던 것이기에 오히려 조심스러워질 정도였다.

　그러나 단지 그뿐.

　곧 마음의 흔들림을 추스른 황조경이 이지적인 눈에 냉철함을 담고서 말했다.

　"……적 관주는 절대 자신의 검에 의지해선 안 돼요!"

　"그건 어째서 그렇소?"

　"무조건 안 돼요! 이번에는 반드시 제 말에 따라주셔야만 해요! 어서 약속하세요!"

　"약속까지 해야만 하는 거요?"

　"그래요!"

　황조경이 적천경을 강하게 압박하자 갑자기 구손이 불쑥 끼어들었다.

　"무량수불! 빈도가 대신 설명해 드려도 되겠습니까?"

　"물론입니다."

　"그럴 필요 없어요!"

　적천경과 황조경이 거의 동시에 말하자 구손이 입가에 씁쓸한 미소를 매달았다.

　"사실 굳이 설명할 필요는 없을 겁니다. 곧 아시게 될 테니까요."

　"……."

적천경이 의아한 기색을 지어 보인 것과 동시였다.

드드드드! 부르르르!

묘한 울림과 함께 지축이 격렬한 흔들림을 보이기 시작했다. 지진이 온 것일까?

그때 황조경이 의문에 찬 모든 사람에게 한숨과 함께 답을 내놨다.

"하아! 벌써 창위의 대군이 자소궁 앞까지 몰려온 모양이네요."

"창위의 대군?"

"황제 직속의 사정 기관으로 본래 황실의 황친이나 고관대작들의 관리 감찰을 주로 수행하는 곳이에요."

"그렇군. 그런데 어째서 그들이 무림의 일에 간여하려는 것이오?"

적천경의 질문에 황조경의 시선이 구손을 향했다. 그에게서 어떤 단서를 찾아내고 싶었기 때문이다.

으쓱!

그러자 구손이 어깨를 한차례 추어 보이고 자리에서 일어섰다.

"모두 일단 밖으로 나가는 게 어떻겠습니까?"

"질문에 대한 답을 아직 얻지 못했는데요?"

"앞서 말씀드렸다시피 빈도는 일개 학도인지라 주어진

권한이 무척 적습니다."

"단순히 권한의 문제라는 거로군요?"

"항상 그렇지요."

우인혜가 짜증난 표정으로 말했다.

"도대체 무슨 선문답을 하고 있는 거예요? 나는 먼저 나가보겠어요!"

"나도 함께하겠소."

"그러든지 말든지……."

퉁명스런 말투와 달리 우인혜의 입가에 슬쩍 미소가 스쳐 갔다. 적천경이 자신을 따라오겠다는 말에 괜스레 웃음이 났다. 가슴 한편이 뿌듯해졌다.

힐끔.

자신도 모르게 시선이 황조경을 향한다.

그녀의 표정을 살피게 되었다.

'저년이……!'

좋던 기분은 그리 오래가지 않았다. 당연하다는 듯 어느새 적천경 옆에 찰싹 달라붙어 있는 황조경을 확인했기 때문이다.

자신도 모르는 감정.

어느새 움트고 있었다. 아직 어떤 싹이 될지는 모르지만.

쾅!

자소궁의 커다란 대문이 날아갔다.

수백 년 동안 굳건하게 버텨왔던 거목의 겉껍질이 송두리째 패여서 보기 흉한 꼴이 된 셈이다.

그러나 달리 무당파가 남존이라 불리는 게 아니다.

스슥!

스스스슥!

대문이 박살난 순간 무당파 제자들 수십 명이 일제히 태청관, 원무대전 등을 중심으로 검진을 펼쳤다. 무당파가 자랑하는 십검과 칠성검수들이 태극검진과 칠성검진으로 느닷없이 닥친 위난에 대항하려한 것이다.

바로 그때 빈청 쪽에서 적천경 일행이 모습을 드러냈다.

"이 무슨!"

가장 먼저 나온 우인혜의 두 눈 가득 분노가 담겼다. 어린 시절 무당파에 입문한 후 항상 공경하는 마음으로 통과하던 자소궁의 대문이 날아간 모습을 목도했기 때문이다.

창!

검을 뽑았다.

당장 검과 하나가 되어 대문 쪽으로 달려가려 했다.

움찔!

하나 그럴 수 없었다.

어느새 적천경이 그녀의 앞을 가로막고 서 있었다. 교묘하게도 방위를 점해서 운신의 폭을 극도로 제한해 버렸다.

'이 사람……'

내심 놀란 기색을 드러낸 우인혜가 적천경의 너른 등을 잠시 바라보다 인상을 써 보였다.

"……진짜 고수였군요!"

"응?"

"진짜 당신은 신무 사형이 모셔 올 만큼 대단한 고수가 맞는 것 같다구요."

"그렇지도 않소."

"맞아요! 맞구만 뭐!"

강조하듯 두 번에 걸쳐 확인한 우인혜가 다시 인상을 써 보였다.

"구손 사형은 또 왜 저기에 가 있는 거야!"

"구손 도장!"

이번에는 황조경도 동참했다. 은연중 적천경과 우인혜쪽에 신경을 쓰다가 구손이 대문으로 걸어가는 걸 놓친 것이다.

반면 적천경은 태연자약했다.

'일이 재밌어지는군.'

간단한 촌평이다.

무당산에 온 후 줄곧 눈여겨 봐왔던 구손이다. 스스로 주장하는 학도라기보다는 엉터리 성복술사같이 구는 행태로도 그의 빼어남을 가리긴 어렵다고 생각했다.

그런 구손이 움직이기 시작했다.

오늘 무당파를 둘러싸고 벌어지고 있는 행태에 큰 변화가 생기는 걸 기대하는 것도 무리는 아닐 터였다.

그러는 사이 구손은 어느새 대문을 거의 앞에 두고 있었다.

그를 아는 무당파 제자들 중 몇 명이 당황한 기색을 지어 보였으나 누구도 제지하지 못했다. 이미 자소궁의 방비를 위해 삼엄한 검진을 펼친 터라 지정된 자리를 벗어날 수 없었기 때문이다.

'저 사형이 어쩌려고……'

'관부의 개들이 구손에게 손을 댄다면 결코 가만히 있지 않을 것이다!'

'무량수불! 학도 한 명이 무당파의 누구보다 의기가 높구나!'

각자의 사정, 위치에 따라서 무당파 제자들은 구손을 촉촉한 눈으로 배웅했다. 그가 사지(死地)를 향해 걸어 들어가고 있다는 점에 대해선 누구도 이론의 여지가 없다고 여겼다.

그때 휑하게 박살난 대문 앞에 선 구손이 갑자기 손에 들고 있던 길쭉한 보자기를 풀어헤쳤다. 그리고 목청껏 외친다.

"여기 성조(聖祖) 폐하께서 하사한 칠성보검이 있소이다! 조정에서 오신 대신이라면 어찌 말에서 내려서 부복하지 않을 수 있단 말이외까!"

'성조 폐하?'

'칠성보검? 칠성보검이 어째서 구손의 손에 있단 말인가!'

무당파 제자들이 당황한 표정을 지어 보였다.

그럴 수밖에 없다.

— **칠성보검!**

무당파의 장문 신물이다. 수개월 전 대천강진세의 천원을 지키고 있던 현허진인과 함께 사라져서 무당파 전체를 발칵 뒤집히게 했다.

그런데 갑자기 성조의 이름이 나왔다.

성조!

무당파에게 남존이란 명예로운 이름을 부여한 영락제를 뜻한다.

그는 무당파와 사이가 좋아서 육십만 명의 인부를 동원해 무당산에 금전과 자소궁을 비롯한 오궁을 건설했다. 무당파 제자들을 휘하에 심복으로 두고 북벌을 야심차게 계획했기 때문이다.

당연히 당시 무당파의 위치는 무림제일!

잠시나마 소림사를 제치고 구대문파의 수장을 맡을 수 있었다. 영락제에게 황위를 빼앗긴 건문제를 옹호하던 무림인사들에게 욕을 먹긴 했으나 꽤나 달콤한 시절이라 할 수 있었다.

하나 성조 영락제가 죽은 지 이미 오십여 년이 흘렀다.

이미 한 세대가 지난 터.

무당파 내부에서도 이 일세의 영웅 황제와 무당파의 정확한 관계에 대해 아는 자는 그리 많지 않았다. 특히 칠성보검과 관계된 일은 말이다.

현양진인은 그중 한 사람이었다. 태극검진 중 하나를 이끌고 있던 그의 표정이 살짝 밝아졌다.

'천운이 아직 무당을 버리지 않았구나! 성조 폐하의 칠성보검에는 반역죄를 제외한 면책 특권이 부여되어 있으니 창위라 해도 결코 함부로 할 수 없을 것이다!'

무당파뿐 아니라 무림 중에 아는 자가 거의 없는 사실!

성조 영락제와 무당파 간에 맺어진 맹약에 의해 부여된

특권!

그러나 무당파 자체가 아니라 한 자루의 보검, 칠성이 있어야만 효력을 발휘했다. 칠성보검을 무당파 장문 신물로 포장해 놓고 엄중히 다뤘던 진정한 이유이기도 하다.

피잉!

그때 한 발의 화살이 부서진 대문을 뚫고 날아왔다.

목표는 자명하다.

구손!

한 손에 어울리지 않는 보검을 든 학도였다.

*　　　*　　　*

"에이! 고수가 있었잖아?"

"부영반님!"

"귀 아프니까 소리 지르지 마."

"하지만 이건……."

"뭐?"

한 손에 독특한 모양의 각궁(角弓)을 든 채 자소궁 쪽을 바라보고 있던 부영반의 별빛 같은 시선이 나현을 향했다.

바람에 살짝 나부끼는 면사.

얼핏 고운 턱 선과 진홍색 입술을 드러낸다. 필경 진귀한 장난감을 발견한 어린애와 같은 미소가 매달려 있을 터였다.

부르르!

저도 모르게 등줄기에 소름이 돋는 걸 느낀 나현이 얼른 자신을 향하고 있는 눈빛으로부터 시선을 거뒀다. 고개를 숙여서 존경심을 표한 것이다. 그리고 말한다.

"무당파에서 칠성보검을 꺼내 들었습니다. 선대 황제께서 북벌을 행할 때 남기신 보검이 세 개 있는데, 모두 충신이나 공신에게 하사하셨습니다. 그리고 그중 무당파에 내린 칠성보검은 대역죄를 제외한 면책 특권이 있는 것으로써……."

"아! 까먹고 있었다!"

'……까먹을 게 따로 있지! 면책 특권이 있는 사람이나 단체에 위해를 가한다는 건 선황 폐하의 권위에 대한 도전으로 간주되는데 말야!'

내심 나현이 투덜거릴 때였다.

섬세한 손가락으로 뒤통수를 몇 차례 긁적거린 부영반이 갑자기 수중의 각궁을 툭 내던졌다.

"엇!"

나현이 창위를 대표하는 고수답게 떨어지는 각궁을 재빨리 낚아챘다.

"좋은 궁술에 좋은 금나수야!"

"예?"

"방금 전에 저 누추한 도관에 화살을 날린 것만큼 훌륭한 금나수라구."

'또 나한테 떠넘길 생각이냐!'

나현이 내심 부르짖으며 부영반을 노려봤다. 그의 뻔뻔스런 행태에 분노를 금할 수 없었기 때문이다.

그러자 부영반의 별 같은 눈빛에 얼핏 살기가 감돌았다.

"지금 나한테 눈을 부릅뜨는 거야?"

"아, 아닙니다!"

"그런데 아직도 눈을 안 깔고 있네?"

"하, 하지만 부영반님…… 으악!"

보기 드물게 항변하려던 나현이 갑자기 비명과 함께 바닥을 나뒹굴었다. 부영반이 손가락을 퉁긴 것과 동시에 벌어진 일이다. 그의 길고 가느다란 열 손가락에 끼워져 있던 지환 중 하나가 자취를 감춘 것과 동시이기도 하다.

"아직 안 죽었어?"

"예, 소신 아직 살아있습니다."

"좋겠어. 명이 길어서……."

'너 때문에 명이 줄어들고 있다! 아니 그보다 창위 서열 십 위인 나한테 이래도 되는 거냐?'

나현이 내심 울분을 토해내곤 재빨리 부영반에게 다가가 지환을 내밀었다.

섬세하게 음각된 봉황!

황족에게만 허락된 문양이 이채롭다.

"부영반님 반지를 흘리셨습니다."

"피 묻었네?"

"어이쿠! 어디서 이런 것이⋯⋯!"

나현이 소매로 봉황지환에 묻은 핏물을 닦았다. 그러자 눈가에서 기다렸다는 듯 핏물이 흘러내렸다. 정확하게 왼쪽 눈동자를 향해 날아든 봉황지환을 피하며 생긴 상처였다.

"됐구! 얼른 달려가서 칠성보검을 뺏어 오도록 해!"

"앞서 말씀드렸다시피 무당파에서 이미 선황 폐하의 보검을 내세운지라 무력을 동원하긴 힘듭니다."

"무력으로 안 되면 머리를 좀 써보던가. 소싯적에 대과 급제를 목표로 열심히 공부한 적이 있다며?"

"⋯⋯."

나현이 입을 다물었다.

부영반이 이렇게 억지를 부리기 시작하면 도리가 없다. 원하는 것을 손에 쥐여 주기 전까진 절대 자신을 괴롭히길 포기하지 않을 터였다.

'하아! 그럼 일단 무당파 녀석들의 동정이나 살펴보도록 할까?'

딱히 수가 있어서가 아니다.

그냥 부영반의 꼬장으로부터 잠시나마 벗어나고 싶었다.

─ 천자급 임무!

죽음의 주박에 걸린 채 수년간 임무를 수행하고 있는 사백령이 불쌍하다고 생각했다. 황조에 충성을 바치면서도 부귀공명 같은 건 꿈도 꾸지 못할 터였기 때문이다.

한데 지금은 조금 생각이 바뀌었다.

부영반의 부관 노릇을 하며 온갖 광태를 받아 줘야 하는 자신의 처지가 결코 그보다 나을 게 없는 것 같았다. 적어도 이번 무당행에서는 그랬다.

슥! 스스스슥!

나현이 다시 휘하의 황천지멸대를 집결시켰다.

자신을 위해서가 아니다.

부영반의 호위를 그들에게 맡기고 자소궁으로 향하기 위함이었다. 이번 무당행에서 가장 중요한 임무가 바로 부영반의 신변 보호였기에.

                              *   *   *

찌르르!

적천경이 멸천뇌운검을 치켜든 채 눈살을 가볍게 찌푸려
보였다.

구손을 노리며 날아든 한 발의 화살!

일반적으로 볼 수 있는 화살을 훌쩍 뛰어넘는 속도와 위
력이 깃들어 있었다. 자칫 적천경이 손쓰는 게 늦었다면 구
손은 지금쯤 구천을 떠도는 귀혼이 되었을 터였다.

'게다가 이 강력한 압박감! 사백령과 비교해도 결코 떨
어지지 않을 내가의 고수다!'

놀라운 평가다.

마도를 순식간에 일통한 신마혈맹에 유일하게 비견되던
천사혈부주 사백령은 엄청난 거물이었다. 신마혈맹의 붕괴
이후 정파 천하가 된 현 무림 중에서도 그와 비견될만한 고
수는 손가락으로 꼽을 터였다.

하물며 금일 무당파에 몰려온 건 관!

그중에서도 황제의 친위대로 불리는 창위였다.

그들 중 사백령에 버금갈 만한 초고수가 있다는 건 좋지
않은 징조였다.

'어쩌면 황 소저만 구해서 달아나야 할 일이 생길지도

성조(聖祖)의 보검! 135

모르겠구나…….'

내심 절대 일어나지 않을 일을 떠올리며 적천경이 구손에게 말했다.

"어디까지 계산하고 계셨던 것입니까?"

"무슨 말씀을 하시는 것인지 빈도는 잘……."

"계속 그렇게 나오면 나는 이만 무당파의 일에서 빠지도록 하겠소."

"……허허, 성질도 급하십니다."

"내가 본래 좀 그렇소."

적천경이 멸천뇌운검을 거두며 팔목을 주물렀다. 화살을 받은 검신으로부터 전달된 울림 때문에 오른손 전체가 저려왔다. 호흡을 호검팔연식과 거의 완벽하게 일치시켰음을 떠올리면 놀라운 일이었다.

구손이 눈을 반짝이며 말했다.

"금일 본파에 적 도우가 온 것은 정말 큰 홍복인 듯싶습니다."

"그런 식으로 화제를 돌리면 넘어갈 수 있을 거라 생각하는 것이오?"

"그럴 수는 없겠지요."

"하면 이제 말해 주시오. 금전! 그곳에서 지금 무슨 일이 벌어지고 있는지 말이오."

"……."

곧바로 핵심을 치고 들어온 적천경의 질문에 구손이 잠시 침묵했다.

여전히 혜안이 깃든 눈동자.

살짝 고민이 어린다. 우직하게 밀고 들어오는 적천경에게 마음이 흔들린 것이다.

잠시뿐이다.

곧 구손의 표정이 평상시처럼 바뀌었다.

"손님이 오시는군요."

'조금 약했나?'

적천경이 내심 눈살을 찌푸리고 구손에게서 시선을 거뒀다.

방금 전 날아온 화살의 주인공!

사백령과 견줄만한 내가 고수라면 분명 강적이었다. 뒤에 무당파의 고수들이 즐비했으나 현재로선 아무런 도움이 되지 않았다. 칠성보검을 든 구손을 보호할 사람은 오직 적천경 자신밖에 없다고 보는 편이 옳았다.

슥!

그때 박살난 대문을 통해 나현이 들어섰다.

전형적인 창위의 무복!

등에 자신의 애병 기룡신창(奇龍神槍)을 매단 그의 기태는 비범 그 자체!

한눈에 빼어난 고수임을 알 수 있다.

'궁수가 아니군.'

적천경이 나현을 바라보며 이맛살을 찌푸렸다. 그가 방금 전 날아온 화살의 주인이 아니라는 것에 조금 실망했다.

승부를 결하지 못한 사백령과의 일전!

아무래도 오랫동안 잠들어 있던 승부사의 피를 깨운 것 같다. 만류하는 사부를 뒤로하고 무작정 무림에 뛰어들어 신마혈맹을 몰살시킬 때의 집요함과 혈기가 한꺼번에 살아났다.

반면 구손의 눈빛은 냉정하게 가라앉았다.

입은 미소를 짓는다.

— 소리장도(笑裏藏刀)!

웃음 속에 칼을 숨기고서 그가 나현을 맞이했다.

"무당파의 구손이 삼가 황실에서 나온 귀인을 알현합니다!"

"조정에서 작은 녹을 먹고 있는 나현이라 하외다."

"무량수불! 본래 나 대인이셨군요. 일단 빈도와 함께 빈객청으로 가서 차라도 한잔 대접받으시고 말씀을 나누시는 게 어떻겠습니까?"

"차뿐입니까?"

"사실 며칠 전 해검지에 온 무림동도 몇 분으로부터 곡차도 몇 병가량 받아 놓은 게 있습니다. 황실에서 오신 귀인께 권하기엔 부족하겠지만, 몇 가지 소채와 함께 곁들이면 제법 풍미가 있을 것입니다."

"곡차라……."

나현이 입맛을 다셨다.

근엄한 등장과 달리 구손의 몇 마디 말에 크게 마음이 동한 것 같다. 악마 같은 부영반의 호위 역할을 맡은 후 줄곧 금욕 생활을 강제당해 왔기 때문이다.

그러나 곧 그가 안색을 굳혔다.

악마와 동급인 부영반!

그의 별빛같이 아름다운 눈빛과 고혹적인 진홍 입술이 떠올랐다. 평생 처음 보는 도사의 권유에 혹했다가 그에게 당할 치도곤을 떠올리자 정신이 번쩍 들었다.

'술은 나중에 북경으로 돌아간 후 부영반을 딴 놈한테 떠넘기고, 마실 기회가 있을 것이다!'

내심 부영반에게서 벗어날 결심을 굳힌 나현이 구손을 향해 어색한 미소와 함께 한 걸음 다가들었다.

피잉!

분명 그랬다. 허리를 가볍게 뒤로 젖혔다가 용수철 같은 탄력을 이용해 앞으로 강하게 퉁긴 것만 덧붙이면 말이다.

'궁신탄영(弓身彈影)!'

적천경의 눈이 빛났다.

나현이 화살을 쏜 궁수가 아니란 걸 알고 김이 새 있던 표정이 확 바뀌었다. 그가 화살을 쏜 사람과 비교해도 결코 떨어지지 않는 고수임을 스스로 드러냈기 때문이다.

스파앗!

순간 멸천뇌운검이 검갑을 떠났다.

— 사일단심!

호검팔연식 최강의 극쾌일검이 하늘에서 떨어져 내리는 햇빛의 한가운데를 꿰뚫었다.

5장

낙인(烙印)? 화인(火印)!

궁신탄영!

정확히는 천뢰보법(天雷步法)의 팔초 탄영비(彈影飛)를
펼친 상태에서 나현은 활짝 손을 펼쳤다.

부영반에게 칭찬받았던 절기, 풍산수(風算手)!

단숨에 구손에게서 칠성보검을 낚아챌 요량이었다.

딱 그리고 말 작정이었다.

그 외 뒤처리는 부영반과 함께 있는 천여 기의 기마에게
맡기고 말이다.

그러나 문제가 발생했다.

섬뜩한 느낌!

부영반이 드물게도 진짜 살기를 드러낼 때와 비슷하다.

'아차! 고수가 있었지…….'

내심 탄성을 터뜨린 나현이 풍산수를 거둬들였다. 탄영비를 펼친 그대로 신형을 공중에서 회전시켰다.

그리고 출창(出槍)!

스아악!

공중에서 반회전을 한 나현의 어깨선을 따라 기룡신창이 스르륵 튀어 나갔다.

캉!

격돌!

한 번으로 끝날 리 없다.

카캉! 카카카카캉!

대기를 찢어발기는 소음이 연달아 울려 퍼졌다. 여전히 공중에 뜬 상태로 기룡신창이 춤을 췄다. 흡사 곡예를 하는 듯한 동작이 연속적으로 펼쳐진 것이다.

그러나 단지 그뿐.

팍!

삼초 십육식을 연달아 쏟아낸 나현이 더 이상 공중에 떠 있지 못하고 기룡신창으로 바닥을 찍었다.

회전!

기룡신창을 중심으로 나현의 발끝이 현란한 변화를 일으

켰다. 연속적으로 원앙연환퇴를 펼쳐서 상대의 공격으로부터 자신을 방어하려 했다.

'…… 응?'

나현의 얼굴에 의혹의 기색이 스쳐 갔다.

그럴 수밖에 없다.

그의 원앙연환퇴는 별다른 효과를 보지 못했다. 기다렸던 상대의 공격이 전혀 없었기 때문이다.

슥!

그래서 나현이 기룡신창에서 내려왔다. 도대체 어떻게 된 일인지 확인하기 위함이었다. 그리고 살짝 달아오른 얼굴!

'그사이 단 한걸음도 움직이지 않았다는 건가…….'

그렇다.

칠성보검을 빼기 위해 나현이 달려들었던 구손은 여전히 제 자리를 지키고 서 있었다. 칠성보검를 들고 있는 모습은 여전히 어색하다.

마찬가지로 그 앞을 가로막고 서 있는 적천경!

살짝 바닥 쪽으로 내려뜨리고 있는 멸천뇌운검과 함께 부동의 자세, 그대로다. 마치 아예 처음부터 미동조차 하지 않았던 것 같다.

팍!

나현이 기룡신창을 땅에서 뽑으며 말했다.

"방금 전, 부영반의 화살을 제거한 사람이 당신이로군?"

"부영반?"

"오로지 황제 폐하의 명령만을 받는 창위의 이인자! 바로 내 직속상관이외다."

"그렇군."

적천경이 미미하게 고개를 끄덕이곤 시선을 문 저편으로 던졌다. 나현보다 미지의 궁수인 부영반 쪽에 더욱 마음이 쓰였기 때문이다.

그때 구손이 나현에게 질문했다.

"대인, 빈도가 한 가지만 묻겠습니다. 어째서 대인께서는 대역죄를 저지르려는 것입니까?"

"대, 대역죄?"

"부인하시려는 겁니까?"

구손이 갑자기 준엄하게 목소리를 높이자 나현이 슬며시 고개를 옆으로 돌렸다.

"당최 무슨 말을 하는 것인지……."

"발뺌을 하실 수 없는 사안입니다. 방금 전 성조 폐하의 칠성보검을 든 빈도를 화살로 쏘고, 공격한 사실은 분명히 대역죄니까요."

"…… 허허, 그러니까 무슨 소리를 하는 것인지 이거 참!"

"뭐, 좋습니다. 대인께서 성조 폐하의 칠성보검을 앞에
두고서 허언을 내뱉는 건 이미 독심을 품었다는 뜻일 테니
까요. 하지만 금일 무당산에 데려온 병마가 전부 창위 소속
은 아닐 것 같습니다만?"

'어, 어떻게 알았지!'

나현이 내심 탄성을 내뱉으며 안색을 가볍게 굳혔다. 적
천경에게 잔뜩 신경을 쓰다가 구손에게 완전히 허를 찔려버
린 것이다.

구손이 말을 이었다.

"물론 다른 방법도 있습니다."

"다른 방법?"

"방금 전처럼 빈도를 공격하십시오. 그래서 빈도를 죽이
고, 칠성보검을 뺏으십시오. 그 후 무당산에 존재하는 오궁,
칠십이암, 삼십육각의 도관을 모조리 불태우고, 천하 각처
에 나가 있는 무당파 도사 모두를 하나 남김없이 찾아서 죽
이십시오. 그러면 대인의 반역 행위를 덮어버릴 수 있을 것
입니다."

"그렇게까지 크게 일을 벌일 필요가……."

"반드시 그래야만 합니다! 이미 대인이 도지휘사사의 병
마를 몰아서 자소봉에 온 사실은 천하각처의 무당파 제자들
에게 알려졌으니까 말입니다."

"……"

"믿지 못하시는 표정이시군요? 그럼 빈도가 확인시켜 드리지요."

'나도 궁금한걸?'

적천경이 나현에게 기감을 집중시켜서 기습에 대비한 채 구손을 바라봤다. 줄곧 그와 함께하고 있었기에 무당산 밖으로 연락을 취한 일이 없음을 알고 있었기 때문이다.

그때 구손이 버럭 소리를 질렀다.

"황 도우, 이곳으로 오셔서 황금귀상련의 비선에 대해 설명해 주시기 바랍니다!"

'아하!'

적천경이 내심 탄성을 발했다.

'아아!'

나현은 내심 절망스런 신음을 터뜨렸다.

─ 황금귀상련!

삼척동자조차 알고 있는 천하 삼대 거상이다.

당연히 그런 곳의 비선이라면 천하 전체에 조밀하게 깔려 있을 수밖에 없다. 정보와 금력이 흐르는 모든 곳에 침투해 있을 것이기 때문이다.

창위 역시 엄밀히 따지면 정보 조직이었다.

황제의 눈과 귀 역할을 수행하며 관리 감찰을 해야만 하기에 그 같은 도리를 누구보다 잘 알았다. 창위에서 무당파를 기습하는 소식이 황금귀상련의 비선에 포착되었다면 구손이 한 말은 결코 허장성세는 아닐 터였다.

그때 황조경이 떨떠름한 표정으로 다가왔다. 구손을 바라보는 눈빛이 꽤나 매섭다.

'황 도우, 죄송합니다!'

'이런 식으로 뒤통수를 쳤다는 거죠? 나중에 봅시다!'

짧은 눈빛의 교류 후 황조경이 나현에게 다가가 생긋 웃으며 고개를 숙여 보였다.

"황금귀상련의 황조경이 창위의 신창(神槍)이라 불리는 나 대주님을 뵙습니다!"

'내 정체까지 이미 알고 있다는 건가?'

내심 눈살을 찌푸려 보인 나현이 미미하게 고개를 끄덕여 보였다.

"황금귀상련주 황금왕에게 봉황 같은 여식이 있다고 들었는데, 혹시 그대가 그러한가?"

"소문이란 왕왕 왜곡되기 마련이지요. 아버님의 명을 받고 강호를 오고 가다 보니, 친분을 맺은 무림의 친구들이 적봉황이란 무림명을 지어줬을 뿐입니다."

"역시 그랬었군."

나현이 다시 고개를 끄덕여 보였다. 언제 긴장했냐는 듯 평온한 표정, 그대로다. 어차피 엎어진 물이니 더 이상 걱정할 필요가 없다고 여긴 때문이다.

구손이 말했다.

"황 도우, 얼마 전 빈도에게 말했던 대로 황금귀상련의 비선이 확실하게 발동했겠지요?"

"물론이에요. 이미 백여 명의 날랜 자들이 천하 각처를 향해 떠난 지 한나절이 지났으니, 금일 벌어진 일은 결코 세상에 파묻히지 않을 거예요. 게다가……."

"……."

"……이곳에는 이미 화산파의 매화검신 선배님도 계셔요. 그분의 무위가 하늘을 찌르니, 수천의 군마 정도로는 무당산의 일을 침소봉대(針小棒大)할 수 없을 거예요."

'흥! 말을 돌리기는! 침소봉대라기보다는 살인멸구(殺人滅口)라 함이 옳지 않겠나?'

내심 퉁명스레 코웃음을 친 나현이 입가에 흐릿한 미소를 매달았다.

해탈이랄까?

순식간에 모든 것을 놓아버린 표정이다. 이젠 더 이상 구손의 말을 허장성세라 볼 수 없게 된 때문이다.

그때 힘에 부친 듯 수중의 칠성보검을 다른 손으로 옮겨 쥔 구손이 말했다.

"대인, 사실 빈도는 성조 폐하의 칠성보검을 사용할 자격이 없는 사람입니다. 그러나 우연찮게 칠성보검을 취득했기에 한 말씀 올리고자 합니다."

"말해 보시오."

"무당파는 성조 폐하와의 약속대로 결코 금전을 누구한테도 개방하지 않을 것입니다. 그러니……."

"감히!"

나현이 언제 해탈의 미소를 만면에 매달고 있었냐는 듯 대노한 기색으로 구손에게 달려들었다.

파아앙!

발끝으로 지축을 밟으니 이미 신형이 앞서 나간다.

그리고 수중의 기룡신창을 내지르니, 순식간에 구손의 바로 앞이다. 그의 가슴에 커다란 구멍을 내려 했다.

창!

요란한 쇳소리!

하늘 위로는 어느새 칠성보검이 치솟아 오르고 있다. 우연찮게도 길쭉하게 튀어나온 나현의 기룡신창을 칠성보검이 막아낸 것이다.

"어이쿠!"

구손은 엉덩방아를 찧었다.

쉬악!

그 위로 칠성보검이 곧바로 떨어져 내린다. 그대로 있으면 그의 몸을 꿰뚫어 버리고 말리라!

치앙!

적천경의 멸천뇌운검이 조금 빨랐다.

일보축지!

분뢰보를 이용한 고속의 이동과 함께 곧게 찔러 들어간 멸천뇌운검의 검봉이 칠성보검을 밀어냈다. 그렇게 간발의 차로 구손을 구해냈다.

당연히 그것으로 끝일 리 만무하다.

패앵!

나현의 기룡신창이 이번에는 기묘한 각도로 휘어졌다.

흡사 회초리랄까?

그렇게 낭창거리며 흔들린 기룡신창의 창두가 적천경의 뒤통수를 노렸다. 그의 사각을 절묘하게 찔러 들어간 거다.

'처음부터 이걸 노렸던 거로군!'

적천경이 내심 감탄했다.

무공의 고하를 떠나 나현 같이 임기응변에 능한 고수는 처음이었다. 아주 까다로운 상대였다.

그러나 그에겐 검아일체번뇌차단술이 있었다.

격전이 시작되자마자 발동했다.

사각 따위는 전혀 존재하지 않았다.

창!

앞으로 길게 내뻗었던 멸천뇌운검을 적천경이 뒤로 잡아끌었다.

검날을 회전시키고자 함이 아니다.

검파.

손바닥에 진동을 일으켜 얻은 회전력으로 검파에 방어막을 만들어냈다. 그리고 그 힘으로 기룡신창의 공격을 받아냈다. 사각을 찔렀다고 여긴 창두의 직격을 반대편으로 퉁겨내 버렸다.

당연히 그다음은 반격이다.

파콱!

기룡신창의 직격으로부터 얻은 반동력을 이용해 적천경이 공중으로 뛰어올랐다. 그리고 맹렬한 기세를 담은 회축(回蹴)!

"……."

나현의 눈빛이 흔들렸다. 의외의 장면에서 튀어나온 적천경의 회축을 피할 길이 없었기 때문이다.

그래서 받기로 한다.

'살을 내주고 뼈를 깎는다! 호신강기로 놈을 퉁겨낸 후

기룡신창으로 산적 꿰듯 찔러버릴 것이다!'

픽!

그러나 바로 그때 가슴팍에서 터져 나온 경쾌한 타격음!

"헉!"

나현이 짤막한 신음과 함께 뒤로 나뒹굴었다.

호신강기?

발동이 조금 늦었다. 그의 생각보다 적천경의 회축이 조금 더 빨랐던 것이다.

툭!

나현의 손에서 힘없이 기룡신창이 굴러떨어졌다.

*   *   *

밤.

어둠이 드리워진 무당산.

그중 제일봉인 자소봉의 전역은 환한 불빛에 휩싸여 있었다. 사방을 밝히고 있는 횃불의 물결은 어둠의 장막을 자연스럽게 밀어냈다.

그 중심은 자소궁!

자소봉 일대에 펼쳐졌던 대천강진세를 풀고, 오궁과 태자파 등의 도관에서 몰려든 무당파 제자들이 운집한 장소다.

그곳을 현재 천여 기가 넘는 관부의 병사들이 에워싼 채 삼엄한 군진을 펼치고 있었다. 마치 당장이라도 야습을 펼쳐서 자소궁 전체를 불태워 버릴 것 같은 위세를 보이고 있는 것이다.

아니다.

오히려 반대였다.

호호탕탕한 기세로 자소궁 앞까지 진격해 대문을 박살 낸 직후 상황이 완전히 달라졌다. 창위의 십대 고수 중 한 명인 황천지멸대주 나현이 홀로 자소궁으로 돌입했다가 포로로 붙잡혀 버렸기 때문이다.

그리고 이어진 지루한 대치!

창위가 중심이 된 병사들과 무당파 간에 고조되었던 위기감도 살짝 느슨해져 가고 있었다. 양측에서 더 이상의 충돌을 자제한 채 밤을 맞이하고 말았다.

꼬르륵!

나현이 배에서 나는 소리에 슬쩍 인상을 찡그려 보였다. 그리고 보면 한낮부터 지금까지 줄곧 굶었다.

창위에 들어간 것도 결국 호구지책의 일환!

제 때 밥을 먹지 못하는 신세가 되자 짜증이 치솟았다. 북경에서 호의호식하던 자신의 뒤바뀐 처지에 견딜 수 없이 화가 났다.

그래서였을 것이다.

맞은편에 앉아서 책을 읽고 있던 구손이 문득 물빛 눈동자를 던져오자 나현이 버럭 노성을 터뜨렸다.

"뭘 그렇게 보는 것이냐! 이렇게 오랫동안 붙잡아놓고 제대로 된 식사도 주지 않았으니 당연히 배속의 회충들이 아우성을 치는 것이지!"

"아!"

"아?"

"빈도가 실례했습니다. 곧 소찬을 준비해 오겠습니다."

"소찬?"

"낮에 말씀드렸다시피 근래 본파를 방문했던 강호동도에게 얻은 고기도 있습니다. 가져다 드릴까요?"

"곡차도 있다고 했던 것 같은데……."

"물론 있습니다. 꽤 향이 좋아서 몇 잔만 마셔도 얼굴이 붉어지고 푹 잘 수 있지요."

"진인!"

언제 구손에게 성난 표정을 지어 보였냐는 듯 나현이 환하게 웃어 보였다. 마혈이 점혈되지 않았다면 당장 그에게 다가가 손이라도 덥석 붙잡고 흔들었을 것 같다.

그때 방문이 열리며 우인혜가 들어왔다.

한 손에 들려진 큼지막한 바구니!

몇 가지 소채와 전병이 담겨져 있다. 평상시대로 식사를 전해주러 온 것이다.

"구손 사형, 식사를 가져왔습니다."

"마침 대인께서 시장기를 느끼셨는데 잘 되었구나!"

"구손 사형 거밖에 없는데요?"

"내 거밖에 준비 안 해왔다고?"

"예!"

우인혜가 단호하게 대답하며 바구니에서 한 사람분의 소채와 전병을 꺼내 구손에게 내밀었다.

꼬르륵!

그러자 나현의 배에서 다시 요란한 소리가 났다. 눈앞에 음식이 모습을 드러내자 배고픔이 더욱 극심해진 것이다. 그리고 입 밖으로 흘러나온 투덜거림!

"제기랄! 조정의 대신을 굶기려 하다니! 정말 반역도들의 집단은 어쩔 수 없구나!"

"누가 반역도라는 거예요?"

"당연히 너희 말코 도사들이지 않느냐? 나 같은 조정의 대신을 강제 억류하고 있는 것만으로도 너희들은 삼족이 죽을죄를 짓고 있는 것이다!"

"성조 폐하의 칠성보검의 권위를 인정하지 않고, 무력을 이용해 탈취하려 한 사람은 그럼 몇 족이 죽을죄를 진 거죠?"

"그, 그건……."

우인혜의 날카로운 반박에 잠시 말을 더듬은 나현이 갑자기 구손에게 버럭 소리쳤다.

"…… 진인! 고기와 곡차를 준다고 하지 않았소이까!"

"일단 이걸로 요기나 하시지요."

구손이 손에 들고 있던 전병을 나현에게 내밀었다.

덥썩!

나현이 언제 소리를 질렀냐는 듯 얼른 전병을 받아먹었다. 마치 구손의 행동을 예측이라도 한 것 같은 행동이다.

그러자 우인혜가 화가 나서 소리쳤다.

"구손 사형, 어째서 이런 후안무치한 사람한테 먹을 걸 주는 거예요!"

"우 사매, 이건 나한테 먹으라고 준 게 아닌가?"

"맞아요. 그러니까……."

"그러니 나는 내 먹을 몫을 나 대인에게 나눠주겠네. 내 것을 남에게 주는 것이 잘못은 아니지 않겠는가?"

"……."

우인혜가 잠시 말문이 막혀서 입을 다물었다. 학도답게 글을 많이 읽어서 말로는 당할 수 없다는 생각이 들었다.

그러는 사이 구손은 연신 나현에게 자신의 식사를 넘겨줬다. 그리고 마혈을 제압당해 오직 안면 근육만 움직일 수 있는 나현은 넙죽넙죽 잘도 받아먹었다.

거기에 더해 변죽까지 좋다.

"우물우물…… 진인, 그런데 고기와 몸이 후끈 달아오르는 곡차는 언제 먹을 수 있는 거요?"

"지금은 곤란하니 조금만 기다려 주십시오."

"흐음!"

나현이 음식을 삼키며 노골적인 시선을 우인혜에게 던졌다. 구손이 말한 '지금은 곤란하다'는 말이 가리키는 게 바로 그녀의 존재임을 눈치챘기 때문이다.

울컥!

우인혜가 더욱 분노한 기색이 되었다. 뻔뻔스러운 나현보다 그에게 간이라도 빼어줄 듯 구는 구손이 못마땅했다. 그의 행태는 흡사 황실과 문제가 생길 것을 두려워해 자신을 도적에서 제명한 장문인 현무진인과 같았다.

'흥! 구손 사형, 그렇게 안 봤는데……'

내심 냉소를 터뜨리며 구손을 노려본 우인혜가 화기애애한 두 사람을 뒤로하고 방을 빠져나갔다.

휘이이잉!

무당산의 밤바람은 꽤 세찼다.

자소궁 곳곳을 환하게 밝히고 있는 사자석상의 등불들이 바람에 이리저리 나부끼는 게 금세라도 꺼질 듯 위태로웠다.

나현을 가둔 장소인 소청관(訴請館)을 빠져나와 원무전 쪽으로 걸음을 옮기던 우인혜의 눈에 이채가 어렸다.

은은하게 떨어져 내리는 달빛의 한편.

적천경.

그가 서 있었다.

묘하게도 도처에 위치에 있는 등불의 물결로부터 떨어진 장소에 오직 달빛만을 의지해 서 있었다.

'왜 저런 곳에 서 있는 거람? 혹시 장문인께 볼 일이라도 있는 걸까?'

처음 봤을 때부터 이상했던 사람이다. 줄곧 자신을 속여 왔던 사람이다.

하지만 다시 생각해 보면 많은 도움을 받았다.

천면귀마에게 죽을 뻔했던 그녀의 목숨을 구해 줬고, 금마옥을 탈출한 적사멸왕 사백령에게 사형들이 몰살당할 위기에 처하자 그들을 대신해 싸워 줬다.

'그리고 오늘 낮에 구손 사형과 칠성보검도 지켜줬다고 할 수 있어. 정말 며칠 새에 나와 무당은 저 사람한테 엄청

난 은혜를 입었구나!'

새삼스럽달까?

생각하면 할수록 우인혜는 적천경이란 존재가 크게 느껴졌다. 얼마 전까지 자신과 티격태격했던 사람과 동일 인물인지 살짝 의심스럽기까지 했다.

그런 생각도 잠시.

막 적천경을 부르며 다가가려던 우인혜의 안색이 가볍게 굳어졌다.

'혼자가 아니구나……'

그렇다.

적천경은 혼자가 아니었다. 또 다른 어둠 속에서 그를 향해 한 명의 매력적인 미인이 다가들고 있었다.

적봉황 황조경이다.

처음 봤을 때부터 마음에 들지 않았던 여인.

하나 이렇게 은은한 달빛을 배경으로 바라보니 꽤나 아름다운 미인이다. 평생 무학을 익히고 투박한 도관에서 생활한 자신과는 비교가 안 되는 우아함이 느껴졌다.

'……그래서 그때 내게 거짓말을 했던 것일 테지. 하긴 저런 미인이 있는데 나 같이 촌스러운 여자가 눈에 들어올 리가 없었던 거야.'

천면귀마의 장력!

우인혜를 거의 죽일 뻔했다.

적천경은 그런 그녀의 옷을 벗기고 추궁과혈을 해서 목숨을 구했다. 처녀의 옥 같은 몸을 구석구석 어루만지고 내가 진기로 안마한 것이다.

당연히 뒤늦게 그 같은 사실을 눈치챈 우인혜는 적천경을 어찌 대해야 할지 고심했다. 바보처럼 굴면서 시치미를 뗀 그에게 장단을 맞춰서 대충 넘어가기엔 몸에 남은 그의 흔적이 너무 뚜렷했다.

낙인(烙印)? 화인(火印)!

잘 모르겠다.

비슷한 듯하나 어쩌면 아예 비슷하지도 않은 것 같다.

어쩔 수 없다.

현재의 마음이 그랬다.

그만큼 우인혜에게 그날의 일은 중요했다. 몸에 남겨진 흔적보다 더욱 깊은 상흔을 마음에 입었기 때문이다. 적천경이란 남자와 함께하는 동안 자신도 모르게 흠뻑 그의 향기에 취해 버렸다.

그래서…….

잠시 우인혜는 달콤한 꿈을 꾸었다.

이미 장문인으로부터 도적에서 제명된 몸!

어쩌면 오랫동안 함께 해왔던 무당파의 너른 품을 벗어날 때가 되었을지도 모르겠다고 생각했다. 한 남자의 평범한 아낙이 되어 강호를 떠나게 될지도 모르겠다고 생각했다.

그래서…….

언젠가 과거 자신을 울분에 차게 했던 모든 일들을 우스 갯소리처럼 말할 수 있는 날이 올지도 모르겠다고 생각했다.

그래.

그럴 수도 있겠다고 잠시 생각했었다.

아주 잠깐 동안 그랬다.

— 적봉황 황조경!

천하 삼대 상단 중 하나인 황금귀상련의 부련주이자 무림에 이름을 날리는 장중보옥(掌中寶玉)! 같은 여인이 보기에도 눈이 부시도록 아름답고 고귀해 보이는 그녀의 존재를 확인하기 전까진 분명 그랬다.

무당파에서 평생을 보낸 자신…….

믿었던 사문의 어른들로부터 버림을 받은 자신…….

세상에 없는 것처럼 남은 평생을 보내야만 하는 자신…….

어떻게 봐도 비교가 되지 않는다.

게다가 그녀는 우인혜보다 훨씬 적천경과 친숙한 사이였다. 아주 오래된 관계임을 쉽게 짐작할 수 있었다.

그래서…….

우인혜는 적천경을 부르는 걸 포기했다.

발걸음을 돌려세웠다.

그와 황조경이 함께하는 모습을 보고 싶지 않았기 때문이다.

적어도 지금은 그랬다.

멈칫!

'하지만 그에겐 이미 아내가 있다고 했는데…….'

갑자기 떠올랐다.

낮에 적천경이 지나치듯 했던 말.

너무 놀라서 손에 들었던 찻잔을 떨어뜨리게 할 뻔했던 고백을 기억해냈다.

그렇다면 황조경은 적천경의 그녀가 아니다.

분명 아니었다.

그 같은 깨달음과 함께 우인혜가 다시 발걸음을 돌려세웠다.

생생하게 살아난 얼굴 표정.

눈빛 속에 깃든 건 과거 채화음적 위무경을 천리추종해서 단죄했던 여협 화선검의 완고함이다. 심약한 자조의 감정 따윈 집어치우고 더 이상 눈앞의 남녀를 피하지 않겠다는 마음을 굳힌 것이다.

그리고 바로 그 순간 자소궁의 하늘 위로 둥실 떠오른 화살!

"아!"

우인혜가 입을 가볍게 벌렸다.

우연찮게 올려다본 야천!

흐릿한 달빛만이 흘러내리던 그곳의 한가운데로 떠올랐던 화살 하나가 맹렬하게 떨어져 내렸다.

적천경!

바로 그의 머리 위로.

*   *   *

'금전 쪽을 바라보고 있는 건가?'

창위 부영반.

황제 직속의 육부(이(吏), 호(戶), 예(禮), 병(兵), 형(刑), 공(工)의 6부), 병부상서 바로 아래인 시랑을 겸임한 오군도독부(五軍都督府) 도독동지(都督同知 : 종 1품)가 정식 직위인 주약린이 눈매를 가늘게 만들어 보였다.

현재 주약린이 있는 장소는 자소궁의 경내가 훤하게 내려다 보이는 누대 위였다. 천여 명이 넘는 병사들을 시켜서 반나절 만에 만든 후 혼자 오른 것이다.

그런 주약린의 눈에 띈 한 사람.

바로 얼마 전 그가 날린 화살을 중간에서 제거하고 오른팔 나현을 제압한 적천경이었다. 느닷없이 칠성보검을 들고 와 선황인 성조 영락제의 성명을 지껄여댄 구손과 더불어 눈엣가시 같은 존재라 할 수 있겠다.

그래서 누대에 오른 후 줄곧 살피고 있었다.

혼자 우두커니 서 있는 걸 참을성을 갖고 지켜봤다.

그러다 불현듯 깨달았다.

적천경의 시선이 고정되어 있는 곳이 자소봉의 정상임을.

이유가 궁금할 수밖에 없다.

자소봉의 정상!

주약린이 대영반 몰래 북경을 떠나 무당산에 온 목적인 금전이 있는 장소이기 때문이다.

아니다.

그런 걸 계속 고심만 하고 있을 만큼 주약린은 소심한 성격이 아니다.

열 번 생각하기보다 한 번의 행동!

일단 저지르고 본다.

그게 동창과 금의위를 합친 창위의 뭇 고수들을 평상시

공포에 떨게 하는 부영반 주약린이었다. 복잡한 생각 같은
건 애초에 어울리지 않았다.

슥!

주약린이 등에 매고 있던 각궁을 꺼내 들었다.

천하에서 가장 유명한 동방의 활.

최고급 물소의 뿔로 만들어진 각궁을 황제에게 선물 받은
건 십 오세 생일 날. 그 후 하루도 빼놓지 않고 활 연습에
매진했다.

'흥! 언젠가 그 암군(暗君)의 역겨운 면상에 화살을 꽂아
넣기 위해서였지…….'

황족.

주약린은 고귀한 황가(皇家)의 피를 이어받았다. 당금 황
제와도 그리 멀지 않은 촌수였다.

하지만 세상은 주약린의 존재를 몰랐다.

태어났을 때부터 황가에서 완전히 외면당했기 때문이다.

어째서?

아주 오랫동안 주약린을 고민하게 만들었던 일이다. 아무
도 말해주지 않았기에 의문을 제기할 수조차 없었다.

그래선 안 되었다.

황제!

언젠가 취중에 자신을 조카라 불렀던 그가 허용치 않았으

니까.

끼이이이익!

거기까지 생각한 주약린이 각궁의 시위를 있는 힘껏 당겼다가 놨다.

우연이었을까?

마침 적천경은 금전에서 시선을 거두고 갑자기 나타난 묘령의 여인과 대화를 나누고 있었다.

*   *   *

"적 관주, 여기서 뭘 하고 있는 거예요?"

"황 소저……."

"호호, 혹시 날 마중하러 나온 건가요?"

"……그렇소만."

"정말이에요?"

"……."

적천경이 대답 대신 고개를 끄덕여 보이자 황조경의 얼굴이 가볍게 상기되었다. 예상치 못했던 횡재를 만난 기분이 된 것이다.

그러나 그것도 잠시뿐.

곧 적천경이 그녀의 좋던 기분을 상하게 만들었다.

"황 소저, 현무진인의 상세는 어떠시오?"

'치잇! 그런 것이었나?'

황조경이 내심 인상을 찡그리곤 말했다.

"언제부터 무당파 장문인의 상세에 그렇게 관심이 많아지신 거죠?"

"사실 현무진인의 상세에는 큰 관심이 없소. 내가 진짜로 관심이 있는 건 폭호검 곽채산이오."

"……."

황조경이 가볍게 놀란 표정으로 입을 다물었다.

허를 찔렸달까?

적천경이 이렇게 직접적으로 곽채산에 대해 물어올 줄은 몰랐기에 속내를 단박에 들키고 말았다. 평상시처럼 적당한 말로 너스레를 떨 수 없게 되었다.

'하아! 결국 이렇게 되는 건가…….'

내심 한숨을 내쉰 황조경이 적천경에게 다가섰다. 폭호검 곽채산에 대해 자신이 알고 있는 바를 하나도 빼놓지 않고 털어놓을 마음이 된 것이다.

스슥!

한데 그때 갑자기 적천경이 그녀의 시야 속에서 사라졌다.

이형환위(移形換位)!

순간적으로 신형을 두 개로 나누는 극상의 보신경이 펼쳐지며 전천경이 고속의 움직임을 보였다.

그리고 그 순간 날아든 한 발의 화살!

저 멀리 축대 위에서 주약린의 각궁을 떠난 화살이 달을 꿰뚫을 듯 하늘 높이 떠올랐다가 크고 아름다운 호선을 그리며 맹렬하게 떨어져 내렸다.

목표는 단연코 적천경이다.

화살은 황조경과 대화를 나누고 있던 그의 머리를 향해 벼락같은 속도로 내리꽂혔다.

그것은 마치 하늘에서 떨어져 내린 천공의 일격!

번쩍!

적천경이 이형환위로 자신의 신형을 분신한 상태 그대로 멸천뇌운검을 뽑아들었다.

발검!

늦었다.

그래서 검갑을 떠난 멸천뇌운검이 허리를 따라 회전하며 횡으로 호선을 그려냈다. 그리고 다시 종으로의 변화!

스파앗!

초인적인 적천경의 발검에 따라 멸천뇌운검의 검날이 기괴한 각도를 보이며 위로 치켜 올려졌다.

참격(斬擊)!

정확한 받아치기다!

쩍!

순간 멸천뇌운검의 검날이 하늘에서 직격해 온 화살을 두 토막 냈다. 세모꼴의 화살촉으로부터 길쭉하게 뻗은 대, 우아한 깃털까지를 단숨에 쪼개버렸다.

"악!"

뒤늦게 황조경이 비명을 터뜨렸다.

눈앞에서 이형환위를 펼친 적천경!

찰나의 순간 하늘에서 떨어져 내린 화살!

느닷없이 발검된 멸천뇌운검의 무시무시한 참격!

순식간에 두 토막이 나버린 화살의 최후를 바라보며 그녀는 두 눈을 있는 대로 부릅떴다. 그 정도로 은밀하고 빠르게 화살은 적천경의 머리로 떨어져 내렸다.

6장

안빈낙도(安貧樂道)의
나날은 지나가고……

파앗!

우인혜는 있는 힘껏 신형을 날렸다.

발끝으로 지축을 박차고 전력을 다해 제운종을 펼쳤다. 자신의 몸을 던져서라도 적천경을 노리며 떨어져 내리는 화살을 막아내고 싶었기 때문이다.

무리다.

그런 일은 벌어지지 않았다.

순식간에 펼쳐진 멸천뇌운검의 참격!

화살이 두 토막으로 잘린 것과 동시에 일어난 검풍(劍風)에 우인혜의 신형은 태풍에 휘말린 낙엽처럼 날아갔다. 막무가내로 몸을 던졌기에 제대로 된 방어조차 할 수 없었다.

우당탕!

우인혜가 바닥에 나뒹굴었다. 제대로 된 낙법조차 펼치지 못했다.

검풍!

우연찮게 맞닥뜨린 적천경의 멸천뇌운검에 담긴 기운은 상상을 초월했다. 무당파를 대표하는 무당십검에 결코 떨어지지 않는 무공을 지녔다고 평가 받는 우인혜를 순식간에 항거불능 상태로 만들었다.

"으윽!"

우인혜의 입에서 앓는 소리가 흘러나왔다.

제대로 바닥을 굴렀다.

온몸에 타박상을 입고, 내기 역시 상당한 손실을 당했다. 피를 토하지 않은 게 용할 정도였다.

하지만 우인혜는 곧 신음을 삼켰다.

그럴 수밖에 없었다.

슥!

바닥을 한 손으로 짚고 신형을 일으키려던 그녀의 어깨 위로 한 명의 면사인이 떨어져 내렸다.

주약린!

방금 전까지 누대 위에 머물렀던 그의 등장이다. 바람에

날리는 한 송이 꽃잎처럼 자연스럽게 자소궁 경내로 뛰어
든 것이다.

우둑!

주약린의 발끝이 우인혜의 어깨를 지그시 눌렀다.

극도로 간결한 동작!

그러나 그 순간 우인혜의 오른쪽 어깨는 탈구되었다. 어
깨뼈가 빠져서 오른쪽 상반신 전체가 푹 무너져 버렸다.

당연히 그것만으로 끝일 리 없다.

토독!

우인혜의 어깨뼈를 밟고 뛰어오른 주약린이 신형을 가볍
게 띄운 상태로 그녀의 태양혈(太陽穴)을 걷어찼다.

털썩!

즉시 우인혜가 정신을 잃고 바닥에 쓰러졌다.

그리고 다시 각궁의 시위에 걸린 화살!

이번에는 한 발뿐이 아니다.

세 발?

거기에 다시 세 발이 더해졌다.

적천경.

그를 노리며 각궁의 연사가 펼쳐진 것이다.

움찔!

멸천뇌운검을 살짝 바닥 쪽에 내려뜨리고 있던 적천경의 미간 사이가 가볍게 좁혀졌다.

'궁수! 드디어 직접 나서기로 한 것인가?'

이 느낌!

처음이 아니다.

칠성보검을 치켜올린 구손을 노렸던 화살을 멸천뇌운검으로 쳐냈을 때 온몸으로 느낀 바 있었다. 단 한 발의 화살로 반신을 마비시켰던 압도적인 궁술의 소유자와 드디어 싸울 수 있게 된 것이다.

그렇다.

방금 전 천공에서 떨어진 화살!

그저 간 보기에 불과했다.

멸천뇌운검으로 완벽하게 두 토막 낸 것과 동시에 새로운 화살의 공격이 시작되었다. 곡사가 아닌 직사로 여러 발이 연달아 적천경의 상반신 전체를 노리며 날아들었다.

팟!

최초의 검풍에 휘말려 신형을 제대로 가누지 못하던 황조경이 주르륵 뒤로 물러섰다.

다시 일어난 검풍!

방금 전과는 달리 기묘한 열기를 담은 채 황조경을 강하게 밀어냈다.

'화살?'

황조경이 은연중 내공을 일으켜 몸 안에 전달된 검풍의 기운으로부터 자신을 보호하다 눈을 반짝였다.

잇단 검풍의 기습!

이후 밀어닥친 후끈한 기운에 떠밀리면서도 똑똑히 확인했다. 멸천뇌운검에 정확히 쪼개져 바닥에 박힌 화살의 흔적을 말이다.

물론 그건 시작에 불과했다.

그렇게 판단했다.

이런 종류의 기습은 결코 한 차례로 끝나지 않는다. 곧 더욱 강력한 이 차 공격이 시작될 터였다.

슉!

그때 눈을 빛내며 머리를 굴리는 황조경의 곁으로 적천경이 불쑥 다가들었다.

캉!

멸천뇌운검이 회전했다.

카캉!

이번에는 사선이다. 검봉이 신속하게 아래로 향했다가 벼락같이 반대편 하늘로 이동했다.

'내가…… 짐이로구나!'

황조경의 표정이 흐려졌다.

단번에 알 수 있었다. 적천경이 자신을 보호하기 위해 이동해 왔고, 역시 같은 이유로 지금 검을 휘두르고 있음을.

울컥!

이건 굴욕이었다.

화가 나는 일이었다.

상계의 인물이기 이전에 한 사람의 무인.

적봉황 황조경.

그것이 그녀를 일컫는 강호의 무림명이었다. 어떤 상황에서도 남에게 보호받는 나약한 여자로 존재할 순 없었다.

휘릭!

순간 황조경이 신형을 뒤로 뒤집었다.

그냥이 아니다.

유연한 허리의 힘을 최대한 이용해 몸을 바짝 바닥에 붙인 상태로 회전했다. 화살의 공격을 최대한 피하며 적천경으로부터 신형을 떼어내는 데 성공한 것이다.

"적 관주, 나는 괜찮아요! 그러니 더 이상 내 걱정 말고 전력으로 싸우세요!"

"……."

적천경이 순간적으로 세 차례 검격을 쏟아낸 후 입가에 흐릿한 미소를 매달았다.

기감!

이미 빠른 확장의 단계를 거친 후 황조경이 거의 바닥을 기다시피 해서 자신에게서 떨어진 걸 확인했다. 더 이상 그녀를 방어하기 위해 수동적으로 검을 휘두를 필요가 없어졌다는 뜻이다.

'하지만 저자도 그런 것쯤은 알고 있을 터! 중간에 화살의 연사를 멈춘 건 처음부터 그녀가 내게서 떨어지길 기다리기라도 했던 것인가?'

의문이라기보다는 확신이다.

어린 시절, 떠돌아다니며 겪은 전장의 경험!

사부의 뜻을 저버리고 하산해 신마혈맹과 벌였던 대전쟁의 경험!

그것이 호검관을 떠난 후 서서히 살아나고 있었다.

지난 칠 년!

작은 마을, 익히 아는 사람들, 따뜻한 인정 속에 호검관에서 보냈던 안빈낙도(安貧樂道)의 나날이 빠르게 사라졌다. 그리고 그 자리를 메운 건 차가운 승부사의 감각! 검의 길을 살아온 자의 고독이다!

'다시 온다!'

확신이 다시 고개를 들었다.

검을 쥔 손에 힘이 들어간다.

아니다.

오히려 힘이 빠진다.

흐름에 몸을 내맡기는 것!

그것이야말로 적천경이 지난 칠 년간 억지로 되살려 낸 사부의 검을 대신한 자신의 검, 호검팔연식이다.

핏!

검풍이 사라졌다.

호검무봉!

날카로움을 버리고 둔함을 선택했다.

그렇게 힘을 모조리 거뒀다.

하지만 이 빠름은 무언가?

문득 적천경의 늘어졌던 오른팔의 선을 따라 바닥을 향하고 있던 멸천뇌운검이 공간을 갈랐다.

두 번의 사선!

그 속에 다시 하나의 검을 실었다.

사일단심!

그러자 잠시 멈췄던 연사(連射)가 속사(速射)로 바뀌었다.

사일단심과 하나가 된 적천경!

순식간에 수장의 공간을 압축해 온 그를 노리며 극쾌의 화살이 파고들었다.

검보다 늦게 쏘아졌으나 오히려 더 빠르다.

순식간에 사일단심과 하나가 된 적천경의 몸을 꿰뚫었다.

탕! 티앙!

그러나 적천경의 사일단심은 그 속사마저 뛰어넘을 만큼 빨랐다.

흔들리는 검봉!

그 끝에 얻어맞고 각기 방향을 바꾼 두 개의 화살!

그 사이로 적천경이 뛰어들었다.

멸천뇌운검!

어느새 모든 공간을 압축했다.

미지의 궁사!

주화린의 각궁을 바로 코앞에 둔 것이다.

서걱!

그리고 가차 없이 가해진 참격!

"악!"

주화린이 비명을 터뜨렸다. 손에 들려 있던 각궁이 어느새 두 토막으로 쪼개졌다.

그러고도 여전한 기세가 담긴 사일단심!

멸천뇌운검이 주화린의 하얀 목젖을 노리며 그대로 파고들었다.

'죽는다!'

주화린이 자신도 모르게 눈을 질끈 감았다.

창위 부영반답게 고강한 무공의 소유자!

그러나 고귀한 신분을 타고난 탓에 실전에 약한 모습을 생사의 간극에서 여실히 드러내고 만 것이다.

파창!

그때 날카로운 파공성이 일었다.

'뭐지?'

주화린이 뒤늦게 자신의 실책을 깨닫고 눈을 떴다. 여전히 준미한 얼굴을 가리고 있는 면사가 가볍게 흔들린다. 짧은 순간동안 무수한 변화를 보인 감정의 기복을 드러내는 듯하다.

그것도 잠시뿐이다.

곧 주화린의 눈에 이채가 어렸다.

독문(獨門)의 안공(眼功) 명경지수(明鏡止水)의 발동!

순간 초고속으로 움직이던 사물이 급격하게 느려진다. 자신을 중심으로 움직이던 모든 흐름, 하나하나가 손에 잡힐 듯 느껴져 왔다.

그래서 확인할 수 있었다.

적천경!

찰나의 순간 만에 검과 하나가 되어 자신의 바로 코앞까지 도달해 있던 그가 갑자기 뒤로 물러서고 있었다.

역시 검과 함께다.

녹슬고 너저분한 폐검을 거둔 채 기묘한 보신경을 발휘했다. 명경지수를 펼친 상태임에도 그 움직임을 따라잡기가 꽤나 어렵다.

당연하달까?

적천경을 갑자기 뒤로 물러서게 한 갑작스러운 파공성의 원인은 따로 있었다.

'검?'

안공 명경지수가 하늘로 날아오르고 있는 섬광을 확인했다.

빛에 휩싸여 있는 한 자루의 고검!

필경 파공성의 원인이다.

주화린을 죽음의 위기에서 벗어나게 한 조력자임에 분명했다.

'쓸데없는 짓을 하기는…….'

주화린이 짜증 어린 표정을 지어 보이며 절반밖엔 남지 않은 각궁의 잔해를 바닥에 집어던졌다.

그리고 한꺼번에 펼쳐진 열 개의 손가락!

피핑!

피피피피피핑!

열 개의 봉황지환이 한꺼번에 주화린의 손가락을 벗어났다. 난생 처음으로 봉황십환을 모조리 사용했다.

놀라운 점은 목표가 적천경이 아니라는 거다.

따당!

따다다다다당!

주화린을 떠난 봉황십환이 기괴한 변화를 보이며 하늘로 날아오르더니, 여전히 빛에 휩싸여 있는 고검을 타격했다. 자신을 구해준 고검을 오히려 공격하기 시작한 것이다.

이해할 수 없는 행동!

그것만으로 끝나지 않았다.

휘릭!

이어 신형을 가볍게 뒤집으며 뛰어오른 주화린이 전장을 벗어났다. 적천경과 하늘로 날아오른 고검을 뒤로하고 전혀 상관없는 방향으로 신형을 날렸다.

"뭐?"

황조경이 당황한 표정이 되었다.

갑자기 전장을 이탈한 주화린이 그녀에게 달려들었기 때문이다.

퍽!

주화린의 발이 그녀의 안면을 노리며 날아들었다. 아예 얼굴 자체를 뭉개버리려 했다.

물론 황조경이 가만히 당하고만 있을 리 없다.

십자파수(十字把手)!

당황한 상태에서도 재빨리 양손을 교차해 주화린의 일격을 막아낸 그녀의 신형이 뒤로 날아갔다.

'제법인데?'

주화린의 눈매가 살짝 가늘어졌다. 황조경이 십자파수와 함께 발로 지축을 차는 동작을 겸해서 자신의 일각에 담긴 기세를 완화했음을 눈치챘기 때문이다.

일류 이상의 무공과 더욱 뛰어난 임기응변!

모두를 겸했음을 보여주는 대응이다. 그렇게 생각했다.

'밟아야겠다!'

그것이 불행하게도 주화린의 흥미를 자극했다.

빼어난 인재를 괴롭히는 것!

그가 아주 좋아하는 일이었다. 결코 포기할 수 없는 일이기도 했다.

팟!

주화린이 발끝으로 지축을 찍었다.

그렇게 가속!

이어 잘록한 허리에서 뱀과 같이 휘어지는 연검이 튀어나왔다.

쉬익!

허공을 가로지르는 소리 역시 뱀을 닮았다.

혈사검(血蛇劍)!

뒤로 물러서고 있던 황조경을 영교한 움직임으로 따라잡는다. 그리고 가느다란 목을 노리며 감아들어 간다.

차앙!

그럴 수 없었다.

실패했다.

어느새 황조경의 앞을 가로막아선 적천경의 멸천뇌운검에 가로막혔기 때문이다.

"알기 쉬워서 좋군."

"……."

"그리고 그런 사람은 보통 명이 짧지."

"……."

적천경이 눈살을 찌푸린 것과 동시였다.

쉬리릭!

주화린이 혈사검을 다시 허리로 되돌리며 적천경을 향해 작은 소수(素手)를 활짝 펴 보였다.

그리고 적천경을 향해 우박처럼 떨어져 내린 봉황십환!

팟!

파파파파팟!

유성(流星)을 닮았다.

그렇게 적천경을 노리며 추락했다. 그 정도의 위력을 보이며 그를 공격했다.

'처음부터 이렇게 될 걸 노렸군!'

새삼스러운 깨달음이다.

사실 조금 늦은 깨달음이기도 하다.

완벽하게 주화린이 쳐 놓은 덫에 걸리고 말았기 때문이다.

그러나 적천경은 어느새 검아일체번뇌차단술을 발동시키고 있었다.

감정의 단절!

차가운 이성만이 존재하는 세상!

그곳으로 걸어들어 갔다.

자신과 검만이 존재하는 세상으로 기꺼이 뛰어 들어가 멸천뇌운검을 휘둘렀다.

— 팔방풍우(八方風雨)!

단순한 검초!

너무나 유명해서 호검관의 입문 제자들조차 배우려 하지 않는 검초를 멸천뇌운검이 그려냈다.

단! 어떤 검객보다 완벽하게! 그리고 어떠한 흔들림도 없게!

따당!

따다다다다당!

적천경을 노리며 유성처럼 떨어져 내린 봉황십환이 흡사 콩 볶는 듯한 소리를 남기며 사방으로 날아갔다. 지척이나 다름없는 장소에서 기습적으로 감행한 공격이 수포로 돌아가 버리는 순간이었다.

"굉장하군!"

주화린이 사심 없이 감탄했다.

무공?

그보다는 병법에 가까운 수법을 동원해서 적천경을 죽이려 했다. 자신이 아끼던 장난감인 나현을 꺾고, 각궁을 박살 낸 그가 눈앞에서 피투성이가 되는 광경을 봐야 분이 풀릴 것 같았다.

하지만 적천경은 그의 예상을 훌쩍 뛰어넘었다.

완벽하다 자부했던 덫에 몰아넣고도 죽이는 데 실패했다.

그렇다면 이젠 인정하는 수밖에 도리가 없다.

'뭐, 꼭 내 손으로 죽일 필요는 없는 거니까……'

내심 중얼거리며 면사 안쪽에 숨겨진 콧잔등을 한차례 찡그려 보인 주화린이 손을 살짝 뒤집었다.

그러자 공중으로 날아오른 폭죽!

이제 적당한 높이에서 폭발하기만 하면 자소궁 바로 앞에 미리 매복시켜 놓은 창위 고수들의 야습이 시작될 터였다. 웬만한 동산 하나쯤은 날려버릴 화탄을 아낌없이 사용하면서 말이다.

한데 그때 다시 예의 고검이 날아들었다.

파삭!

그리고 폭죽의 심지를 간단히 잘라버렸다.

슥!

그에 맞춰 움직인 적천경.

그의 멸천뇌운검이 어느새 주약린의 목젖에 닿아 있었다. 검날의 기운이 서늘하다.

마찬가지로 감정이 전혀 느껴지지 않는 눈빛!

"이쯤에서 그만하는 게 어떻겠소?"

"싫다면?"

"죽일 수밖에."

'진심이로군. 이런 무감정한 눈빛을 한 자는 설사 상대가 자신의 처자(妻子)라 해도 서슴없이 칼을 휘두를 수 있을 거야.'

비슷한 자를 본 적이 있다.

창위의 고문술사!

어떤 오만한 조정의 고관대작이나 강골의 무인도 순식간에 벌벌 떨게 만든다. 피오줌을 줄줄 흘리며 자신이 했던 모든 일은 물론이고 하지 않았던 일까지도 털어놓게 했다.

당연히 주약린은 부영반으로서 그런 고문술사들과 꽤나 많은 시간을 보냈다. 직접 그들에게 몇 가지 진귀한 고문술을 배운 적도 있었다. 꽤나 즐거운 시간이었다.

아니다.

다시 자세히 살피니 그들, 고문술사와 다른 점이 있다. 계산된 무감정이 아니라 아예 감정 자체가 존재하지 않는 것 같은 눈빛이 그러하다.

으쓱!

주약린이 어깨를 가볍게 추어보이며 말했다.

"죽여!"

"……."

"죽이라고 했다!"

"……."

주약린이 다시 목청을 높인 순간 적천경의 멸천뇌운검이 움직였다.

검날이 닿아 있던 목이 아니다.

전혀 다른 방향을 향해 뻗어 나갔다. 느닷없는 기습을 당했기 때문이다.

쩡!

날카로운 파공성의 정체는 고검이었다. 방금 전 폭죽의 심지를 잘라내고 하늘을 선회하다 적천경의 멸천뇌운검을 직격한 것이다.

당연하달까?

주약린이 그 기회를 놓치지 않았다.

슥!

순간적으로 기묘한 보법을 이용해 적천경과의 간격을 벌린 그의 양손이 활짝 펼쳐졌다.

흡사 무언가를 안으려는 듯한 동작!

패앵!

패애애애애앵!

한 떼의 벌들이 일제히 날아오르는 것 같은 소음과 함께 주약린을 향해 봉황십환이 되돌아왔다. 방금 전 적천경에게 의외의 기습을 가했던 상황이 떠오르는 모습이다.

하지만 이번에는 그럴 수 없었다.

실패했다.

주약린에게 돌아오던 봉황십환은 그와의 거리를 얼마 남기지 못한 채 일제히 방향을 틀었다. 그리고 주약린의 입에서 울컥 터져 나온 한 덩이의 핏물!

"……짜증 나는 늙은이가!"

그의 분노성이 향한 건 어느새 다시 하늘로 떠오른 고검 설중매를 낚아챈 선풍도골의 노검객 매화검신 유원종이었다. 무당파 장문인 현무진인의 내상 치료를 위해 원무전에 머물던 그가 드디어 모습을 드러낸 것이다.

당연히 그는 혼자가 아니었다.

현양진인을 비롯한 무당십검 중 삼 인!

더불어 수십 명의 칠성검수들이 주변에 삼엄한 검진을 펼치고 있었다. 족히 무당파의 최정예가 모두 집결했다고 할 수 있을 터.

후두둑!

유원종이 수중의 고검 설중매에 찰싹 달라붙어 있는 봉황십환을 거둬 살피곤 눈살을 가볍게 찌푸렸다.

'설마했거늘…… 역시 황실의 문양이 맞구나!'

당금 화산파는 하북팽가(河北彭家)와 더불어 가장 많은 제자를 북경 군부에 들여보낸 문파였다.

그리고 몇 명은 군부 최상위층인 병부(兵部)나 오군도독부의 요직에 올라 있었는데, 그중 한 명인 오군도독(五軍都督) 유철심은 유원종의 막내아들이었다.

정 일 품의 품계!

종 일 품의 도독동지인 주약린의 직속상관 중 한 명이다. 창위의 대영반을 제외하면 유일하게 군부에서 주약린에게 명령을 내릴 수 있는 사람이라 할 수 있었다.

물론 이론상으론 그렇다는 뜻이다.

황족!

그것도 당금 황제의 총애를 받는 주약린을 오군도독 유철심은 평소 전혀 제어할 수 없었다. 아예 명령을 듣지 않는 건 둘째 치고 몇 가지 매우 고약한 취미 활동으로 인해 평소 톡톡히 골치를 썩이게 했다.

덕분에 유원종은 익히 주약린에 대해 알고 있었다. 막내아들이 종종 보내는 안부 편지에 그의 고약한 행적이 몇 번이나 적혀 있었기 때문이다.

'하지만 정말 이상한 일이다! 철심이에게 듣기로 근자의 황제는 무림의 일에 거의 신경을 쓰지 않는다고 했거늘 어찌 무당산에 대병을 보내왔단 말인가?'

내심 염두를 굴리며 유원종이 손바닥 위의 봉황십환을 한차례 굴리곤 주약린에게 포권해 보였다.

"노부는 화산파의 유원종이라 하외다!"

주약린이 퉁명스레 말했다.

"과연 화산파의 늙은이였군! 당장 내 지환들을 내놓는 게 좋을 거야!"

"이거 실례했소이다!"

유원종이 봉황십환을 주약린에게 내던졌다.

쉐에에에엑!

쏜살같은 속도.

주약린이 적천경에게 기습을 획책했던 때와 비교해 결코 떨어지지 않는다. 아니, 오히려 더욱 빨랐다.

기세 역시 위협적이다.

그러나 주약린을 바로 코앞에 이르러 봉황십환은 갑자기 속도를 늦추더니, 봄바람처럼 부드럽게 변화했다. 흉맹스러운 기세를 감추고 빙그르 회전하며 주약린에게 날아든 것이다.

"무량수불! 훌륭한 사량발천근(四兩撥千斤)이로다!"

"이화접목(移花接木)의 수법이 극치에 이르렀구나!"

주변에 집결해 있던 무당파 고수 중 몇 명이 참지 못하고 찬탄을 터뜨렸다.

사량발천근!

넉 냥의 힘으로 천근을 능히 이겨낸다!

이화접목!

남의 힘을 비스듬히 흘려보냄으로써 무력화시킨다!

이일대로(以逸待勞 : 편안함으로 피곤한 적을 기다린다)·이정제동(以靜制動 : 고요함으로 움직임을 제압한다)의 요결과 더불어 무당파 무공을 특정 짓는 수법이라 할 수 있었다.

물론 화산파의 고수인 유원종이 무당파 무공을 익혔을리 없다. 사실 그가 사용한 건 화산파의 죽엽수(竹葉手)와육합구소신공(六合九霄神功)을 혼합한 차력타인(借力打人: 남의 힘을 빌려 상대를 때린다)의 수법이었다.

다만 모든 무학은 결국 만류귀종(萬流歸宗)하는 법!

당대 무학의 대종사인 유원종의 한 수 무공에서 무당파고수들이 내심 마음이 움직인 건 이해할 수 있는 일이었다.겉으로 보이지 않는 커다란 이치의 일각을 엿보게 된 것이다.

적천경의 견해는 조금 달랐다.

'화산파가 당대에 무당파나 소림사에 비해 떨어지지 않는 명성을 자랑한다더니 명불허전(名不虛傳)이구나! 확실히 당시 매화검신은 내게 전력을 다하지 않은 것이 분명해!'

금전을 바로 앞에 두고서 적천경은 유원종과 한 차례 비검을 벌인 바 있었다.

일시 검아일체번뇌차단술이 깨질 정도의 짜릿함!

아주 오랜만에 느꼈다.

적사멸왕 사백령과도 또 다른 경지의 절대 고수!

그것이 바로 유원종이었다.

생각 같아선 모든 사적인 잣대를 배제한 채 그와 미치도록 싸워보고 싶었다. 냉정이 아닌 열정으로 다시 칠 년 전의 자기 자신으로 돌아가려 했다.

지금 역시 그렇다.

눈앞에서 유원종의 지고(至高)한 경지의 무학을 확인하자 전신이 후끈 달아오르는 걸 느꼈다.

'이 자식…… 눈빛이 바뀌었네?'

주약린은 적천경의 변화에 민감하게 반응했다.

그럴 수밖에 없다.

그에게 몇 번이나 죽을 뻔했다.

아주 망신을 당했다.

가슴이 타는 것만 같은 살기를 느꼈다. 당장 온몸을 벗겨 놓고 고문술사에게 배운 온갖 종류의 고문을 시전하고 싶었다. 그래서 자신의 가랑이 사이를 비굴하게 기어가게 해야만 직성이 풀릴 듯했다.

하지만 지금은 참아야만 한다.

욕망을 가라앉혀야만 했다.

꿈틀!

주약린이 아미라 할 법한 눈썹을 가볍게 치켜올리며 적천경으로부터 시선을 떼어 냈다. 타는 듯한 욕망을 참기 위해 면사 안쪽에 가려져 있는 붉은 입술을 혀로 핥아야만 했다.

차르륵!

그리고 봉황십환을 본래대로 손가락에 낀 주약린이 퉁명스럽게 말했다.

"화산파의 늙은이, 내 오군도독 대인의 안면을 봐서 지금부터 한 식경가량의 시간을 줄 테니, 당장 무당산에서 꺼지도록 해라!"

"허허, 귀인께서 노부의 미력한 자식 놈의 체면을 봐주신다니 참으로 고마운 말씀이외다. 하지만 본래 선제께서 북벌을 무림과 함께한 이래 관과 무림의 불가침 원칙은 깨진 적이 없소이다."

"권주(勸酒)는 마다하고 벌주(罰酒)를 받겠다는 뜻이냐?"

"그렇소이다. 노부가 속한 화산파는 본래 무당파와 한식구나 다름없으니 금일 공생공사할 생각이외다!"

"감히!"

주약린이 미려한 눈가에 살기를 짙게 드러낸 채 유원종을 노려봤다. 무인답지 않게 다소 왜소한 어깨가 가볍게 떨리는 게 분노가 극치에 도달했음을 알 수 있는 모습이다.

그러나 바로 앞에 있는 적천경!

이미 주변을 치밀하게 에워싼 채 검진을 펼치고 있는 무당삼검을 비롯한 칠성검수들. 그리고 무엇보다 몇 차례나 자신의 행사를 방해한 고검 설중매를 내려뜨리고 있는 매화검신 유원종이란 존재의 압박감은 결코 허투루 넘길 수 없었다. 일생을 안하무인(眼下無人)으로 살아온 주약린조차 함부로 타고난 성질머리를 드러낼 수 없는 상황이었다.

그때 검진을 형성한 무당파 제자들 사이에서 작은 소요가 일며 익숙한 얼굴의 두 사람이 모습을 드러냈다. 소청관에 있던 구손과 나현이었다.

주약린이 마침 잘됐다는 듯 분노의 화살을 나현에게 던졌다.

"나 대주, 놀랍게도 아직 살아 있군요?"

"부, 부영반님……."

"당장 이쪽으로 기어오지 못할까!"

"……예? 예! 예!"

나현이 연속적으로 대답을 하곤 재빨리 주약린에게 달려왔다. 발걸음이 가벼운 게 이미 마혈이 풀렸을 뿐더러 내공역시 회복한 상태임을 알겠다.

'또 이상한 일을 꾸미는군.'

적천경이 눈에 이채를 담은 채 나현을 바라보다 구손에게 피식 웃어 보였다.

보면 볼수록 재밌는 사람이랄까?

무당파에 도착한 이후 줄곧 적천경은 구손을 주시하고

있었다. 평생 무공에만 신경 써 온 그에게 있어 그는 무척 흥미로운 사람이었다. 아예 다른 방법으로 사는 방법을 제시해 주는 존재라 할 수 있는 것이다.

그때 주약린 앞에 도달한 나현이 갑자기 바닥에 자빠졌다.

"어이쿠! 어이쿠!"

퍽! 퍽!

바닥에 쓰러진 나현이 비명을 터뜨리자 주약린이 그를 발로 짓밟으며 살벌하게 말했다.

"나 대주, 적당히 엄살 부리는 게 좋아! 나는 지금 무척 기분이 언짢은 상태니까 말야!"

"……."

"흥! 아직 죽고 싶진 않은 모양이지?"

"……."

갑자기 비명을 그치고 굳게 입을 다문 나현을 주약린이 차갑게 코웃음 치며 다시 몇 차례 짓밟았다. 짧은 사이 분노로 가득하던 눈빛이 많이 안정되었다. 나현의 갑작스러운 등장이 무너지려던 이성을 회복시켜준 것이다.

"일어나!"

"……예!"

나현이 얼른 신형을 일으켜 세웠다. 익숙한 태도나 행동이 이런 일이 그동안 꽤나 여러 번 있었음을 알 수 있게 한다.

그때 구손이 두 사람 앞에 나섰다.

주약린에게 정중하게 허리를 숙여 보인 그가 말했다.

"빈도는 구손이라 합니다."

"선제 폐하의 칠성보검을 들고 건방진 소리를 지껄여댔던 도사로군?"

"예, 그렇습니다. 금일은 밤이 이미 깊었으니 황실의 귀인께서는 이만 쉬러 가시는 게 어떻겠습니까?"

"여전히 건방진 소리를 잘도 지껄여 대는군. 설마 여기 모여 있는 쓸모없는 잡배들과 화산파의 늙은이를 믿고 거들먹거리는 건 아닐 테지?"

"무량수불!"

"무량수불!"

단숨에 잡배로 평가절하된 무당파 제자 몇 명이 도호를 외며 인상을 찌푸렸다. 무당파의 중심인 자소궁에서 이런 모욕을 당하자 분노를 참기가 쉽지 않았던 것이다.

그러나 무당파가 달리 남존이라 불리는 게 아니다.

분노한 와중에도 무당파의 검진은 어떠한 허점도 드러내지 않았다. 조밀한 방벽처럼 주약린과 나현 등의 인물들을 포위하고 있었다.

'과연 무당파의 말코들은 상대하기가 쉽지 않구나! 그런데 이렇게까지 시간을 끌었는데 어째서 이 쓸모없는 것들은 자소궁으로 돌입하지 않는 것이지?'

주약린이 짐짓 분노하여 광태에 가까운 행동을 한 것은 시간을 끌기 위함이었다. 매화검신 유원종의 방해를 받아 폭죽을 터뜨리진 못했으나 시간을 끌면 자소궁 부근에 대기하고 있던 창위 고수들이 돌입을 감행할 터였기 때문이다.

그때 주약린의 의중을 눈치챈 듯 구손이 다시 허리를 숙여 보이고 말했다.

"귀인께서는 염려하지 마십시오!"

"내가 뭘 염려한다는 거지?"

"자소궁 주변에서 고생하시던 도우님들은 먼저 본파에서 마련된 숙소에 들어 휴식을 취하고 계십니다. 그분들을 염려하실 필요는 없으시다는 뜻입니다."

"감히 내게 헛소리를 지껄이는 것이냐?"

"어찌 그럴 수 있겠습니까? 만약 귀인께서 의심이 나신다면 다시 품 안의 폭죽을 날려서 확인해 보십시오."

'내가 폭죽을 하나 더 가지고 있는 걸 어떻게 알았지? 지레짐작한 것일까?'

주약린이 내심 눈매를 가늘게 만들고 냉소했다.

"흥! 어차피 화산파의 늙은이가 다시 잘난 검을 날리는 재주로 폭죽을 중간에 없앨 걸 알고 하는 소리일 테지? 내가 네놈의 요망스러운 혓바닥에 놀아날 것 같으냐?"

"그 점이 이상하지 않으십니까?"

"뭐가 이상하다는 것이냐?"

"어째서 손님인 화산파의 매화검신 선배님마저도 이곳에 나와 계신데 본파의 장문인과 여러 장로님께서는 모습을 보이지 않으셨는지 말입니다."

"……."

주약린이 평생 중 몇 번 없는 일을 경험했다. 기가 막혀서 잠시 말문이 막혔다.

잠시뿐이다.

곧 수려한 눈가에 살기를 담은 주약린이 수장을 들어 올렸다. 이성보다는 자신의 감정에 충실한 성정답게 구손을 때려죽이려 한 것이다.

팟!

적천경이 시의적절하게 손을 썼다.

그의 멸천뇌운검이 주약린과 구손의 사이에 분명한 선을 그어 났다.

범인의 눈에는 보이지 않는다!

그러나 고수라면 사정이 달라진다.

아무리 살펴봐도 볼품없는 고철덩이 폐철에 불과한 멸천뇌운검이지만 그 안에 깃든 강력한 기운을 느낄 수 있었다.

흡사 터지기 직전의 방죽!

잔뜩 부풀어 오른 풍선이 폭발하기 직전의 상태!

'죽일 놈!'

적천경을 매섭게 노려본 주약린이 구손을 노리며 일으켰던 내공을 거둬들였다. 이곳에서 유일하게 자신을 죽일 수 있는 사람이 바로 그임을 자각하고 있었기 때문이다.

그때 낮에 박살 난 자소궁의 대문을 통해 한 명의 신태비범한 노도가 모습을 드러냈다.

— **무당파 장문인 현무진인!**

한 손에 찬연한 광채를 발하는 칠성보검을 든 채 그가 바람같이 신형을 날려왔다.

7장

영락제의 금약(禁約)!

불그스레한 안색!

형형하게 번뜩이는 안광!

곽채산에게 불의의 암습을 당해 극심한 내상을 당했던 현무진인은 어느새 평상시의 무위를 회복하고 있었다. 모르는 사람이 본다면 아예 그런 일 자체가 없었던 것 같은 모양새였다.

범인의 일반적인 평가였다.

고수라면 조금 다르게 생각할 수도 있을 터였다.

'허장성세(虛張聲勢)인가? 전날 봤을 때보다 무당 장문인은 크게 무리를 하고 있다. 경공을 펼침에 있어 화경(化

勁)에 특히 신경을 쓰고 있는 건 내공의 조화가 깨졌기 때문일 것이다.'

화경!

무당파 무공 중 태극권의 고급 요결 중 하나로 주로 상대방의 공격을 무력화시키는 데 사용된다. 직성을 띤 경기(勁氣)를 밖으로 흘려내고, 와해시키고, 약화시킨다. 또한 더욱 강화해 돌려줄 수도 있는데 이는 오로지 자기 자신의 수련이 조화로워야만 했다.

당연히 태극권의 종주인 무당파의 장문인 현무진인 같은 고수에게 있어 화경은 자연스러움 그 자체여야만 했다. 의식적으로 신경 쓰지 않더라도 몸에 그냥 배어 있는 것이어야만 한다는 뜻이다.

그런데 적천경이 보기에 현재 현무진인은 신법을 펼침에 있어 화경에 꽤나 신경을 쓰고 있었다. 내상으로 인해 내공의 조화가 깨지지 않았다면 있을 수 없는 일 터였다.

그때 주약린 앞에 도달한 현무진인이 칠성보검을 거꾸로 한 채 그녀에게 포권해 보였다.

"빈도 현무가 황궁의 귀인에게 인사를 올리겠소이다."

"그대가 무당파 장문인이로군?"

"그렇소이다."

"쥐새끼처럼 잘도 날 속였군."

"······."

"뭐, 그건 됐구!"

화제를 돌린 주약린이 어느새 칠성보검 앞에 엄숙한 표정으로 부복한 나현을 짜증스레 바라봤다. 그가 이미 무당파쪽에 넘어갔음을 직감한 것이다.

'하지만 내 계획은 본래 나 대주가 사로잡힌 후 즉흥적으로 세운 것이다. 어떻게 무당파의 말코들이 내 계획을 눈치챘는지 모르겠구나.'

주약린의 시선이 눈앞의 현무진인, 매화검신 유원종, 적천경등을 빠르게 살피고 마지막으로 구손에게 고정되었다. 왠지 그에게 신경이 쓰였다.

"내 계획을 알아낸 게 네놈이냐?"

"그렇습니다."

"어떻게 알았지?"

"점을 봤습니다."

"점?"

"예."

태연한 구손의 대답에 주약린이 황당하다는 듯 눈빛이 되었다. 이런 대답을 기대한 것이 아니기 때문이다.

적천경 뒤에 서 있던 황조경이 말했다.

"구손도장의 말이 옳아요!"

"……."

"그분은 정말 성복학에 달인이거든요!"

"……."

주약린의 서늘한 시선을 접한 황조경이 얼른 한마디를 더한 후 뒤로 내뺐다. 혹시 주약린이 다시 자신을 공격하면 적천경이 곤란해질 것을 염려한 행동이다.

적천경이 거들 듯 말했다.

"구손도장은 허튼소리를 하는 분이 아니오."

나현 역시 조심스레 말했다.

"부영반님, 구손도장은 좋은 사람입니다. 말을 조금 들어봐도 좋을 것입니다."

"나 대주!"

"예?"

"입 닥쳐!"

"……예!"

나현이 얼른 복명하고 고개를 자라처럼 쑥 집어넣었다. 흡사 바늘방석에 앉은 것 같은 모습이다.

그때 구손이 갑자기 화제를 바꿨다.

"역시 귀인께서는 이만 쉬러 가시는 게 어떻겠습니까? 빈도가 금전으로 귀인을 모시겠습니다."

"……."

주약린의 눈에 이채가 어렸다.

'금전!'

적천경 역시 마찬가지다. 그의 시선이 구손과 현무진인을 번갈아 바라봤다. 이런 식으로 갑자기 금전이 언급될 줄은 몰랐기 때문이다.

주약린이 잠시의 침묵 끝에 말했다.

"물론 나 혼자만 따라가야 하는 걸 테지?"

"그렇습니다."

주약린이 구손을 묵묵히 바라보다 현무진인에게 시선을 던졌다. 그의 반응을 살피기 위함이었다.

그러나 석상이라도 된 것일까?

현무진인은 묵묵히 칠성보검을 든 채 침묵을 지키고 있었다. 구손과 미리 의견 조율이 있었는지 그의 제안에 별다른 불만이 없어 보인다.

'역시 단지 성복학에 능한 말코인 것만은 아니라는 것일 테지……'

내심 새삼스레 구손을 바라본 주약린이 천천히 고개를 끄덕여 보였다.

"앞장서라!"

"그 전에 약속해 주셔야 할 것이 있습니다."

"약속?"

"예."

주약린이 짜증스레 눈살을 찌푸려 보이곤 다시 고개를 끄덕여 보였다.

"말해 봐!"

"자소궁 밖에 집결해 있는 도지휘사사의 병사들을 지금 당장 무당산 밖 십 리 밖으로 물려주십시오."

"정말 많이도 아는군. 그것 역시 점을 쳐서 안 것이냐?"

"빈도에게 어찌 그런 신산(神算)의 재주가 있겠습니까?"

"하면?"

"……."

구손이 침묵 속에 나현 쪽을 힐끔 바라봤다. 아주 잠깐 동안만 그리했다.

꿈틀!

주약린의 눈초리가 치켜 올라갔다.

"나 대주!"

"으헉!"

"네놈이 감히!"

"갑자기 칠성보검을 들이밀어서 어쩔 수 없었습니다! 소신은 선제 폐하 시절부터 창위에서 복무한 충성스러운 신하로서 감히 그분의 유지를 거역할 수 없었습니다!"

"……."

부복과 함께 연달아 변명을 늘어놓는 나현을 주약린이 한참 노려보다 한숨과 함께 신형을 돌려세웠다. 내심 북경에 돌아가는 즉시 나현에게 행할 몇 가지 고문술을 떠올렸음은 물론이었다.

"나 대주, 당장 병사들을 이끌고 무당산 십 리 밖으로 꺼져 버려!"

"예? 하지만……."

"두 번 말하게 하지 마! 이미 나 대주를 죽여야 할 이유 같은 건, 몇 가지나 쌓였으니까."

"……존명!"

어느 때보다 큰 목소리로 복명한 나현이 부복을 풀고 바람같이 자소궁 밖으로 신형을 날렸다. 주약린이 한 말이 결코 허튼소리가 아니란 걸 경험을 통해 충분할 정도로 알고 있었기 때문이다.

그러자 구손이 그런 나현을 현기 어린 눈빛으로 배웅한 후 적천경에게 말했다.

"적 관주님께 빈도가 한 가지 어려운 부탁을 드려도 되겠습니까?"

"말씀하시오."

"지금부터 적 관주님께서 빈도의 호위가 되어 주셨으면 합니다."

"그럴 필요가 있겠소?"

"꼭 부탁드리고 싶습니다."

"……."

의외의 제안에 적천경이 잠시 생각에 잠겼다.

금전!

계속 그의 시선이 고정되어 있던 장소다. 친구 곽채산의 흔적이 발견된 금마옥이 그 부근에 있었으니까 말이다.

그러나 자소궁 일대에 펼쳐져 있던 대천강진세가 깨진 이후 사정이 달라졌다.

금마옥을 탈출한 마두들 중 상당수!

이미 무당산 밖으로 도주하는 데 성공했음이 분명하다.

무당파 내에선 줄곧 말을 아끼고 있으나 어느새 그 점을 기정사실로 받아들이고 있었다. 대천강진세의 천원을 지키던 대장로 현허진인과 무당십검의 다섯 명이 죽었고, 장문인 현무진인은 중상을 당했기 때문이다.

그런 상황에서 곽채산이 아직 금마옥에 남아 있을까?

아니다.

그 전에 생존 여부를 장담할 수 있을지부터 생각하는 것이 옳을 터였다.

'모든 것이 그냥 가정일 뿐이다! 내 눈으로 직접 채산의 죽음을 확인하기 전에 어떤 것도 예단해선 안 될 것이다!'

결론이 내려졌다.

칠 년 전의 어느 날…….

곽채산의 죽음이 담긴 부고(訃告)를 전해 들은 뒤 무작정 사부의 곁을 떠났을 때와 마찬가지다. 일단 마음을 결정한 이상 어떠한 일이 있어도 물러설 까닭이 없었다.

"내가 호위를 맡도록 하겠소."

"고맙습니다."

"그 전에 현무진인께 허락을 구해야 할 것 같소만?"

"그 점은 염려하실 것 없습니다."

적천경에게 대답한 구손이 현무진인에게 시선을 던졌다. 그러자 현무진인이 적천경에게 침중한 표정으로 고개를 끄덕여 보인다.

"지난 오십여 년간 본파의 제자 중 금전에 머물 수 있었던 건 오로지 무공을 익히지 않은 학도와 칠성검주밖엔 없었소이다. 적 관주께서 구손의 호위를 해 주신다면 빈도, 무당을 대표해 감사드릴 뿐이올시다."

"기쁘게 진인의 명에 따르겠습니다."

"고맙소이다."

적천경에게 사의를 표한 현무진인이 유원종에게 다가가 그에게 정중하게 고개를 숙여 보였다.

"후배 현무, 매화검신 선배님 도움으로 금일 무당에 닥친 큰 위험에서 벗어날 수 있었습니다."

"화산과 무당은 본래 한 식구나 다름없는 구대문파의 일원이지 않소이까? 장문인께서 중상을 털고 일어난 모습을 보니 노부, 기쁘기 한량이 없소이다."

"모두 매화검신 선배님 덕분입니다."

"허허, 장문인의 무공이 이미 노화순청에 이르렀기에 노부는 그저 한 팔의 힘을 거들었을 뿐이올시다."

"그리 말해 주시니 후배 부끄러울 뿐입니다. 그래서 말인데……."

잠시 시간을 지체한 현무진인이 구손 쪽을 한차례 바라본 후 말을 이었다.

"……매화검신 선배님께 한 번 더 고생해 주실 것을 부탁드리고 싶습니다."

"장문인께서는 기탄없이 말씀하시오."

다시 유원종에게 고개를 숙여 보인 현무진인이 눈을 빛내며 말했다.

"매화검신 선배님께서는 지금부터 후배와 함께 금전으로 향하는 길목을 지켜주셨으면 합니다."

"다른 장로들도 함께하는 것이오?"

"그렇습니다."

현무진인의 묘한 기백이 느껴지는 대답에 유원종이 잠시

그를 바라보며 생각에 잠겼다.

'으음, 이거 아무래도 정천맹주의 수작에 단단히 걸려든 것 같지 않은가?'

— 정천맹주!

매화검신 유원종과 더불어 정파 삼신(三神)에 꼽히는 절대 강자이자 천하무쌍의 모사였다. 무공으로만 따지면 유원종이 결코 떨어지지 않으나 머리를 쓰는 일로는 결코 따르지 못한다고 자인한 지 오래였다.

그래도 무려 한 갑자간 이어진 우정이었다.

젊은 시절엔 꽤나 많은 사건사고를 함께 해왔다.

그래서 유원종은 그의 권유를 가장한 꼬심에 흔쾌히 넘어왔다. 오랜만에 화산을 떠나서 무당파를 괴롭히는 금마옥의 마두들을 제압하고, 미지의 고수 호검관주를 만나려한 것이다.

한데 갑자기 상황이 이상하게 돌아가기 시작했다.

금마옥을 탈출한 마두들을 상당수 놓친 건 둘째 치고, 관부의 대병이 무당파를 공격해 왔다. 그리고 거기에는 황제의 직속 감찰 기관인 창위의 고수들이 끼어 있었고, 황족으로 보이는 주약린까지 포함되어 있었다.

이순(耳順)을 넘긴 후 천하에 무서울 게 없다고 자부하던 유원종으로서도 껄끄러울 수밖에 없는 상황이다. 화산파는 무림뿐 아니라 북경의 군부에도 제법 강한 영향력을 발휘할 수 있는 독특한 위치의 문파였기 때문이다.

그래서 의심이 일었다.

아니다.

오히려 확신에 가깝다.

정천맹주는 오늘 같은 사태를 미리 예측하고 유원종을 화산에서 꾀어내 무당파로 보냈음에 분명하다. 그를 이용해 무당파의 위기를 타개하기 위해서 말이다.

'나잇값도 못하는 녀석! 차라리 솔직하게 내게 말하는 편이 좋았을 것을……'

거짓말이다.

자신조차 속이는 내심이다.

황족과 관부, 창위가 함께 연관된 일에 유원종과 화산파는 결코 끼어들지 않았을 터였다. 자칫 황실이나 관부의 세력 다툼이나 파벌간의 싸움으로 번질 경우 적지 않은 피해를 감수해야만 했을 테니까.

누구보다 그 같은 사실을 잘 알기에 유원종이 쓴웃음을 입가에 매단 채 천천히 고개를 끄덕여 보였다.

"노부, 장문인의 말에 따르겠소이다."

"감사합니다."

현무진인이 세 번째로 허리를 숙여 보였다. 이로써 무당파와 화산파는 이번 일에 관해선 한 배를 타게 된 때문이었다.

* * *

"으응!"

우인혜는 가냘픈 신음과 함께 정신을 회복했다.

지끈거리는 머리의 두통!

목뼈는 뻐근하고 몸 전체가 부서지는 것처럼 아프다. 처음으로 목검을 들고 선배와 대련을 하다 죽도록 얻어맞았을 때조차 지금처럼 아프진 않았던 듯싶다.

그러나 그녀는 강인한 성정을 지닌 무인이었다.

으득!

문득 이를 악문 우인혜가 내공을 일으켜 빠르게 일주천을 한 후 누워 있던 침상에서 상반신을 일으켰다. 생각보다 내상이 심각하지 않다는 걸 확인한 것이다.

사락!

그때 그녀의 곁으로 한 명의 여인이 다가들었다. 침상 부근의 의자에 앉아서 책을 보고 있던 황조경이었다.

"정신이 드셨군요?"

"당신은……."

"황조경이에요."

"……그렇군요."

우인혜의 표정이 가볍게 변했다. 살짝 당황한 것이다.

빙긋!

황조경이 입가에 미소를 띤 채 자홍색 환약 한 알을 우인혜에게 건넸다.

"이건 본련이 운영하는 황금의원(黃金醫院) 특산의 내상약이에요. 값은 조금 비싸지만 효과는 분명하니 상세에 도움이 될 거예요."

"필요 없어요!"

우인혜가 황조경이 내민 내상약을 손으로 밀어냈다. 그녀를 지켜보는 동안 적천경 때문에 싸웠던 일이 떠올라 마음이 꽤나 불편해졌다.

그러나 황조경은 표정 하나 변함이 없다.

"그럼 넣어 두도록 하죠. 어쩌면 나중에 다른 사람을 위해 사용해야 할 일이 생길지도 모르니까요."

'다른 사람…… 아!'

우인혜가 그제야 주약린에게 얻어맞고 정신을 잃기 전의 상황을 떠올리고 내심 탄성을 발했다. 적천경이 걱정돼서 마음이 크게 불안해진 것이다.

황조경이 여유 있는 표정으로 말했다.

"관군이 공격해 온 일에 대해선 신경 쓰실 필요 없어요. 그들은 이미 무당산 십 리 밖으로 물러갔으니까요."

"그, 그럼 그 사람은……."

"그 사람?"

"…… 호검관주 말예요!"

우인혜의 목소리가 살짝 뾰족해졌다. 적천경이 걱정되어 마음의 평정심이 무너져 버렸다.

그러자 황조경의 표정이 처음으로 변했다.

우울? 애수?

여인에게는 보기 드문 의연함과 관록을 동시에 겸비한 황조경의 얼굴에 복잡한 기색이 스쳐 갔다. 그리고 입가에 매달린 작은 한숨!

"하아, 정말 그 사람은 어쩌려는 걸까요?"

"……."

"저는 이만 나가 봐야 해요. 우 소저는 아직 부상이 낫지 않은 것 같으니 몸조리를 잘하세요."

"제 말에 왜 대답을 하지 않는 거예요?"

"아! 적 관주는 걱정하지 마세요. 그는 우 소저가 생각하는 이상으로 강한 사람이니까요."

"그, 그럼 무사하단 것이지요?"

"예, 아직까지는요."

황조경이 우인혜에게 의미 모를 한마디를 남긴 채 방을 빠져나갔다.

"저기······."

우인혜가 황조경을 붙잡기 위해 신형을 날리려다 침상의 난간을 붙잡았다. 갑자기 극심한 현기증과 함께 구토가 일어나 몸을 가누기조차 힘들었다.

'약을 받아먹을 것을······.'

때늦은 후회와 함께 난간을 잡고 한참 헐떡이던 우인혜의 눈이 동그래졌다.

침상 한편.

방금 전 그녀가 거절한 자홍색 내상약이 놓여 있었다. 황조경은 모욕적인 거절을 당하고도 우인혜를 걱정해 내상약을 남겨 놓은 것이다.

"정말 사람을 부끄럽게 하는 여자로구나!"

우인혜가 이마를 손으로 짚은 채 손을 뻗어 내상약을 집어 들었다.

질투?

더 이상 할 수 없었다.

자신으로선 결코 황조경을 이길 수 없다는 걸 자인할 수밖에 없었기 때문이다.

*　　　　*　　　　*

금전으로 향하는 길.

대천강진세로 변화가 무쌍하던 때와 비교하면 의외로 평탄했다.

자소궁의 기다란 담을 따라서 한참을 걸으면 나오면 소로.

그곳을 따라 자소봉의 정상을 향해 걷다 보면 어느새 기다랗게 이어진 돌계단이 나온다. 무당산 칠십이 봉 중 최고봉인 자소봉의 정상에 위치한 금전이 그 끝에 존재하고 있었다.

'이렇게 가까웠었군…….'

적천경이 밤중임에도 환한 빛을 발하고 있는 금전을 올려다보곤 눈에 이채를 띠었다.

예상대로랄까?

거짓말처럼 대천강진세의 영향이 사라진 금전 근처에는 금마옥의 입구로 보이는 동혈이 존재했다.

산산조각난 청옥석으로 된 석문!

어둠 속에 파묻혀 흐릿한 잔향만을 남기고 있는 피비린

내!

은연중 금마옥 주변을 눈으로 살핀 적천경의 안색이 무겁게 가라앉았다.

굳이 기감을 끌어올릴 필요도 없다.

대천강진세가 거둬진 후 아무렇게나 방치된 금마옥 주변에는 이미 어떤 인기척도 느껴지지 않았다. 그곳에 갇혀 있던 마두들 모두가 무당산을 떠나버린 것이다.

'…… 아니면 죽어서 구천을 떠도는 원혼이 되었거나!'

문득 떠올랐다.

여태까지 곽채산의 제사를 올린 적이 없었다는 걸.

그러고 싶지 않았다.

죽음, 그 자체를 인정하고 싶지 않았기에.

그때 맨 앞에 서서 일행을 인도하던 구손이 적천경을 향해 시선을 던졌다.

"적 관주님의 얼굴에 유감의 기운이 흐르는 것이 사연이 있는 것 같습니다?"

"그렇게 보였소?"

"예."

구손이 미미하게 고개를 끄덕여 보이자 적천경이 입가에 쓴웃음을 매달았다.

눈앞의 도사!

명문 도문인 남존 무당파의 제자로서 성복술사를 자처하는 이 사람은 꽤나 이상하다. 이상한 곳에서 사람의 허를 찔러 자신이 바라는 바를 얻어내곤 한다.

하지만 적천경은 넘어갈 생각이 없었다.

그가 겉으로 보이는 것보다 훨씬 상대하기 어려운 호적수임을 이미 짐작하고 있었다. 어쩌면 여태까지 상대했던 어떤 자보다 더욱 고전하게 할 만큼 말이다.

미소를 거둔 그가 말했다.

"구손도장의 말이 옳소."

"하면 어떤 유감이 있으신 것인지 물어봐도 되겠습니까?"

"별거 아니오. 나는 바로 이 부근에서 적사멸왕 사백령과 일전을 벌인 바가 있는데 제대로 된 승부를 볼 수 없었기에 안타까웠을 뿐이오."

"그러셨군요. 하지만 당시 적 관주님께서는 많은 무당파의 제자들을 구해 주셨습니다. 그들을 대신해 빈도가 인사를 올리겠습니다."

"과례(過禮)는 비례(非禮)라 했소."

대뜸 허리를 크게 숙여 보이는 구손을 향해 적천경이 손을 내저어 보였다.

그러자 곧바로 직립되는 구손의 몸.

생각보다 유연하게 자신의 내력을 받아내는 구손의 태도에 적천경이 내심 고개를 끄덕여 보였다.

'역시 그럴 거라 짐작했지.'

구손이 허리를 편 채 말했다.

"적 관주님, 빈도에게 하실 말씀이 있으신 것 같은데, 개의치 말고 하문해 주십시오."

"구손도장이야말로 그랬던 것이 아니오?"

"사실 그랬습니다만……."

"……만?"

"……적 관주님과 빈도는 이미 이심전심(以心傳心), 마음이 통한 것 같은데 어떻게 생각하십니까?"

"이심전심…… 좋은 말이오."

"예."

구손이 대답과 함께 입가에 묘한 미소를 매달았다. 석연치 않은 뒤끝을 남긴 채 대화를 끝낸 것이다.

그때 금전으로 오르는 계단을 묵묵히 올려다보고 있던 주약린이 짜증 섞인 목소리로 말했다.

"이런 곳에서 밤을 새울 생각은 아닐 테지?"

"그럴 리가 있겠습니까?"

"그럼 어서 금전으로 안내해! 아니면 계속 둘이서 규방의 계집처럼 수다나 떨고 있던가!"

"귀인의 명에 따르겠습니다."

구손이 얼른 주약린에게 허리를 숙여 보이고 다시 앞장섰다. 금전으로 향하는 계단을 걸어 올라가기 시작한 것이다.

이어 주약린이 그 뒤를 따르고, 적천경이 마지막 자리를 맡았다.

주약린이 냉소했다.

"흥! 내가 이 쓸모없는 도사를 공격이라도 할 것 같은가 보지?"

"그런 일은 없을 것이오."

"어찌 그리 단정하지?"

"구손도장은 남에게 암습을 당할 사람이 아니기 때문이오."

"……."

"그렇다고 내 말을 뒤엎기 위해 구손도장을 암습할 생각은 마시오. 내 검은 언제고 뽑혀 나올 수 있으니까."

"내 신분을 알았으면서도 그럴 수 있을까?"

"시험하고 싶다면 언제든 마다치 않겠소."

담담한 적천경의 대답에 주약린이 눈살을 가볍게 찡그려 보였다.

구손과 비슷하달까?

아니다.

오히려 더 심할 정도로 적천경이 거슬렸다. 당장 옷을 벗긴 후 전신을 피로 물들이고 싶었다. 온갖 고문으로 괴롭힐 때까지 괴롭힌 후 곁에서 죽을 때까지 지켜봐야만 직성이 풀릴 것 같았다.

'조금만 참자! 드디어 금전이 바로 코앞이니까…….'

내심 심부 깊숙한 곳에서 뭉클거리며 일어난 욕망을 억누른 주약린이 적천경에게서 시선을 거뒀다. 계속 그를 보고 있으면 안 될 것 같았다.

반면 적천경은 주약린에게 한 말과 달리 기감을 극도로 끌어 올리고 있었다.

주약린에 대한 경계가 아니다.

오히려 그가 신경 쓰는 건 앞서 계단을 오르고 있는 구손의 전면과 자신의 후위였다. 무당파 장문인 현무진인이 매화검신 유원종에게 한 요청이 신경 쓰였기 때문이다.

'이곳은 이미 전장이다! 언제 어떤 돌발적인 상황이 벌어져도 그리 놀랍지 않을 것이다!'

예감이다.

어린 시절 친구 곽채산과 함께 전장을 떠돌 때나 신마혈맹과의 혈전이 계속되던 때, 거의 들어맞았던 감이기도 하다. 그렇게 적천경은 자신의 검과 함께하는 여로를 무사히 마칠 수 있었다.

그렇게 얼마나 시간이 지났을까?

세 사람이 어느새 자소봉의 정상에 근접해 금전을 바로 앞에 뒀을 때였다.

휘이잉!

문득 어둠 속에서도 위엄을 한껏 드러내고 있는 금전이 위치한 자소봉의 정상에서 세찬 바람이 불어왔다.

사락!

느닷없이 들이친 바람에 주약린의 면사가 들춰지며 섬세한 옥용이 모습을 드러냈다.

준미함, 그 자체!

교교한 달빛 아래 드러난 용모는 특유의 매혹적인 눈매와 더불어 더할 나위 없는 아름다움을 만들어 냈다. 혹자들이 말하는 필설(筆舌)로 형용(形容)키 어렵다는 말은 이 같은 미모를 두고서야 합당하다고 할 수 있을 터였다.

'역시 여인이었나……'

적천경의 눈에 가벼운 이채가 스쳐 갔다.

대충 예상은 하고 있었다.

절세의 무공을 익혔음에도 장부답지 않은 왜소한 신장.

금의(錦衣)로 된 무복 차림으로도 감추기 어려운 섬세하고 날씬한 몸매.

지환과 연검을 주병으로 삼은 독랄하고 허를 찌르는 공격법.

그리고 무엇보다 면사로 얼굴의 반면을 가렸음에도 결코 감출 수 없는 절세지용이 주약린을 여인이라 짐작케 했다. 그것도 평생 본 적이 없는 극상지미(極上之美)라 해도 과언이 아닐 터였다.

하나 적천경은 곧 입가에 쓴웃음을 매달았다.

'……하지만 성정이 사갈 같으니 아름다운 꽃에 가시가 있는 격이라 할 수 있겠군. 황 소저와는 여러모로 비슷한 듯하지만 전혀 다르다고 할 수 있겠어.'

황조경!

적봉황이라 불리는 중원 상계의 기린아를 적천경이 떠올렸을 때였다.

슥! 스슥!

금전 안의 문이 열리며 안에서 두 명의 환관이 모습을 드러냈다.

분을 칠한 듯 하얀 얼굴에 백발을 한 장신의 환관.

검은 얼굴에 다부지고 근육질의 몸을 한 환관.

얼핏 극단적일 정도로 달라 보이는 두 환관이나 공통점이 있었다.

'고수군!'

적천경은 자신의 확장 되어 있던 기감을 찌르르하게 울리는 대기의 공명에 슬쩍 미소를 지어 보였다.

오랜만에 출도한 강호행!

연달아 최상급의 고수를 만나게 되니 기분이 좋아졌다. 고수들과 연달아 싸우는 동안 호검관에서 창안한 무공이 하나하나 체계화되어 감을 느꼈기 때문이다.

그때 백발장신의 환관이 일행의 선두에 서 있던 구손을 알아보고 기묘하게 높고, 가는 목소리로 말했다.

"귀하는 천제를 올리는 학도가 아닌가! 어찌 이 야심한 밤에 금전에 오른 것인가?"

구손이 앞으로 한 걸음 나서 정중하게 허리를 숙여 보였다.

"두 분 공공에게 빈도 구손이 문후 여쭙겠습니다. 금일 빈도가 이곳에 방문한 것은 한 가지 청이 있어섭니다."

"청?"

백발장신의 환관이 눈살을 가볍게 찡그려 보였다. 주름 속에 갇힌 눈 깊숙한 곳에서 흐릿한 신광이 번뜩인다.

그러나 구손은 개의치 않고 말을 이었다.

"예, 빈도 구손의 청입니다."

"호호, 그건 정말 괴이쩍은 얘기로군. 무당파 장문인이라 해도 금전에 와서 그 같이 건방진 말은 할 수 없을 터인데……."

그때 묵묵히 침묵을 지키고 있던 흑면의 환관이 말했다.

"황 공공, 쓸데없이 말이 너무 많다!"

"상 공공, 죄송하게 되었소이다. 하지만 여기 학도는 노야께서 가끔 불러서 담소를 하던 자이올시다."

"나도 아네. 하지만 그 혼자 온 것이 아니지 않은가?"

"……."

상 공공의 책망에 황 공공이 시선을 구손 뒤에 있는 주약린과 적천경에게 던졌다.

척 보기에도 수상해 보이는 두 사람.

그중 주약린가 걸친 금의는 무엇보다 눈에 띈다.

'창위의 고위직……!'

잠시 살핀 후 주약린의 정체를 파악한 황 공공의 눈에서 더욱 강렬한 신광이 흘러나왔다. 그리고 미세한 진동을 보이기 시작한 대기!

그러자 무리의 뒤에 머물러 있던 적천경이 담담한 목소리로 경고했다.

"이곳에는 무공을 익히지 않은 사람이 있으니 행동을 조심하시길 바랍니다."

"감히!"

"잘도 건방진 소리를 하는구나!"

황 공공과 상 공공이 거의 동시에 적천경을 향해 목소리를 높이며 은연중 주약린을 주의 깊게 살폈다.

오랫동안 금전에서 지냈다 하나 본래 그들은 황실의 환관 중 꽤나 존귀한 위치였다. 수백 명이 넘는 환관들을 거느리고 다니며 성조 영락제를 바로 곁에서 모셔 온 존재였다.

게다가 그들은 영락제를 따라서 종군을 하기도 했다. 북벌의 최선두에 서서 용전분투하여 환관임에도 대장군의 칭호를 받은 바 있었다.

그야말로 선대 황실을 대표하는 굴지의 고수들!

당연히 그들에게 본래보다 훨씬 나이가 어려서 약관을 갓넘어 보이는 적천경은 애송이나 다름없었다. 허리에 차고 있는 폐검은 둘째 치고, 그에게선 전혀 고수다운 위압감이나 기파가 느껴지지 않았다.

반면 주약린은 달랐다.

단번에 창위의 고위직이라는 걸 알아챘기에 금전을 방문한 의도에 큰 의문을 품고 있었다. 그녀가 금전을 찾은 의도에 따라 심각한 문제가 발생할 수 있었기 때문이다.

— 성조 영락제의 금약(禁約)!

이를 지키기 위해 황실을 떠나 무당산의 금전을 지킨 지어언 오십여 년이 지나고 있었다. 이제 현 황제의 친위대라 할 수 있는 창위의 고위 고수가 나타났으니 정신이 바짝 들었다. 자칫 오늘 밤 살생(殺生)의 화(禍)를 당할 수도 있음을 두 공공 모두 직감하고 있었다.

'호호, 창위의 후배가 애송이 한 놈을 우리에게 내밀어 놓고 어떤 수작을 부리려는 것인고?'

'만약 노야에게 위해를 가하려 한다면 선황의 유지를 지키기 위해서라도 반드시 목숨을 걸고 막아설 것이다!'

두 공공이 각자의 생각에 잠겨 은연중 내력을 운집시키기 시작했을 때였다.

슥!

적천경이 갑자기 신형을 움직이며 허리에서 멸천뇌운검을 빼 들었다.

그리고 발검!

일순 하늘에서 떨어져 내리던 달빛이 두 개로 나뉘었다. 그의 일검이 정확하게 구손과 두 공공 사이를 가로질렀다.

스파앗!

뒤늦게 귓전으로 파고든 섬뜩한 파공성!

"으헛!"

"으음!"

두 공공이 저도 모르게 나직한 신음을 터뜨렸다. 그들이 남몰래 운집하고 있던 내공의 일부가 분쇄되어 버렸다. 애송이라 얕봤던 적천경의 일검에 의해 말이다.

척!

그런 후 적천경이 멸천뇌운검을 거두고 뒤로 한 걸음 물러섰다. 이미 두 공공이 발산하고 있던 내공 중 구손을 위협하던 기운을 해소시켰음을 확인했다. 그 이상 상대방을 자극할 필요성은 느끼지 않았다.

두 공공 역시 그 점을 바로 눈치챘다.

'애송이가 아니었단 말인가?'

'생각 이상의 고수! 그런데 어째서 아무런 내기가 느껴지지 않는단 말인가?'

새삼스러운 시선으로 두 공공이 적천경을 바라봤다. 그가 자신들이 처음 보는 유형의 고수임을 자각했다. 대비책을 찾을 때까지 고민의 시간을 가질 수밖에 없었다.

그때 구손이 나섰다.

"두 분 공공님과 적 관주님은 빈도 때문에 더 이상 화기를 상하지 마십시오. 오늘은 좋은 날이니, 결코 싸움의 궤는 어울리지 않습니다."

"뭐가 좋은 날이란 말이냐?"

황 공공이 외치자 구손이 그에게 빙그레 미소 지어 보였다.

"그건 두 분 공공님께서 노야님께 저희를 안내해 주시면 자연히 알 수 있으실 겁니다."

'과연 노야님을 찾아왔구나!'

황 공공의 눈이 매서워졌다.

"어찌 노야님을 외부인과 만나게 한단 말인가? 아니, 그
전에 자네가 외부인과 함께 오늘 밤 금전을 찾은 건 무당파
장문인의 뜻인 것인가?"

"예, 그렇습니다."

"그렇다는 건…… 설마!"

"그 설마가 맞습니다. 지금부터 벌어질 일은 황실에 속한
것이니 지금부터 두 분 공공께서 주관해 주셔야만 할 것입
니다."

"……."

황 공공이 저도 모르게 상 공공을 바라봤다. 일시 구손의
요청에 대한 판단을 내릴 수 없었기 때문이다.

그리고 바로 그 순간!

스으 — 팟!

금전에 도착한 후 줄곧 침묵을 지키고 있던 주약린이 적
천경과 구손 사이로 신형을 날렸다.

8장

또 다른 보검이 나타나고,
달밤의 싸움은 계속된다!

　“무엄하다!”

　“죽음을 자초하는가!”

　두 공공이 버럭 노성을 터뜨리며 주약린을 향해 일제히 자신들의 독문절학(獨門絕學)을 쏟아 냈다.

　파팟!

　쿠콰콰콰쾅!

　황 공공의 손에서 일어난 수영(手影)!

　삽시간에 공간을 가로지른다.

　자기 자신뿐 아니라 금전으로 향하는 공간 자체를 순식간에 수백 개나 되는 손그림자로 가로막은 것이다.

상 공공 역시 주먹을 내뻗었다.

다부진 몸을 잔뜩 움츠렸다가 전력으로 기력을 몰아내니 천지가 진동한다. 순간적으로 대기가 진공을 이루며 그의 주먹에 모여들었다가 폭발적인 확산을 보였다.

그러자 주약린이 공중 도약한 상태, 그대로 신형을 가볍게 회전시켰다.

차라라라라랑!

그녀의 열 손가락 안에서 봉황십환이 맹렬한 진동을 보였다. 한껏 운집된 내기를 잔뜩 빨아들이며 벌어진 변화!

황 공공이 만들어 낸 손그림자를 노린다.

때린다.

부숴 버리려 했다.

그러나 어느새 상 공공의 주먹이 그녀의 배후를 노렸다. 잔뜩 웅크려들었다가 쏟아낸 권풍(拳風)에 가냘픈 몸 자체가 박살 나버릴 것 같다.

휘릭!

어쩔 수 없이 주약린이 다시 신형을 뒤집었다.

황 공공이 만들어 낸 손그림자의 벽을 뚫기는커녕 뒤에서 날아든 주먹를 피하기에 급급한 모양새다. 분명 그랬다.

파아앗!

반전은 곧바로 일어났다.

상 공공의 맹렬한 일권을 향해 살짝 발을 내디딘 주약린이 하늘 위로 날아올랐다. 주먹에 실린 기운에 도움을 받아 오히려 신형을 극한까지 도약시켰다.

"이런 맹랑한 것이!"

"뚫고 가게 할쏘냐!"

두 공공이 각기 소리 지르며 주약린을 향해 수공과 권풍을 쏟아 내었다. 그녀가 공중에서 신형을 뒤집으며 금전으로 침투할 거라 판단 내린 것이다.

아니었다.

그렇지 않았다.

쉬익!

주약린은 두 공공의 예상을 비웃듯 오히려 신형을 뒤로 물렸다. 공중으로 떠오른 상태, 그대로 신형을 뒤틀어 그들과의 거리를 훌쩍 벌려 놨다.

이유?

목표를 바꿨다. 구손으로.

"이런……!"

구손이 나직이 탄성을 발했다.

목에 느껴지는 서늘한 기운!

어느새 공중에서 떨어져 내린 주약린의 손에는 혈사검이 들려져 있었고, 섬뜩한 검인(劍刃)이 구손의 목에 대어져 있었다. 얼핏 핏물까지 번져 나오는 듯싶다.

두 공공이 어리둥절한 표정이 되었다.

'이게 무슨 일이지?'

'어째서 무공도 익히지 않은 학도에게 검을 들이댄 것이지? 기괴한 일이로구나!'

그들은 서로를 바라보고 주약린을 노리고 있던 독문절학의 내공을 거둬들였다. 잠시 상황을 지켜보고자 한 것이다.

그러거나 말거나 주약린은 혈사검으로 구손의 목에 몇 가지 상처를 내며 생글거렸다. 면사 밖에 드러나 있는 미려한 눈매가 반달 모양을 그리고 있다.

"이런 일이 벌어질 거라고 생각했느냐?"

"전혀 예상 못 했습니다."

"제법 쓸 만한 재주를 지닌 것처럼 행동하더니, 무능한 명의 말코 도사에 불과했구나?"

"빈도가 무능한 도사인 건 두말하면 잔소리라 할 수 있습니다. 귀인께서는 부디 가르침을 내려 주시지요."

"혓바닥은 정말 기름을 발랐구나! 일단 그 혓바닥부터 잘라 버리고 말하기로 하지!"

"……."

구손이 난처한 표정으로 입을 다물었다. 그러나 주약린에게 혀를 잘리는 걸 두려워하는 것 같진 않다.

힐끔.

그의 시선이 곁에 선 적천경을 향했다.

'빈도, 적 관주만 믿겠습니다!'

적천경이 구손의 신뢰 가득한 눈빛을 받고 주약린에게 천천히 걸어왔다.

"멈춰!"

"……."

"아니면 진짜 이 말코 도사의 혀가 잘리는 걸 보고 싶은 거냐?"

"……."

적천경이 걸음을 멈췄다.

그러자 주약린이 면사를 팔랑거릴 정도로 웃음을 터뜨리고 말했다.

"후후후, 진작 이럴 걸 그랬군. 이런 식으로 일이 쉽게 풀릴 걸 괜히 시간을 끌었어."

"원하는 게 있으면 말하시오."

퉁명스러운 적천경의 말에 주약린이 미소를 거뒀다. 눈이 묘하게 반짝거린다.

"저기 있는 두 환관을 죽여라!"

"이런 고얀!"

"함부로 혀를 놀리다니!"

두 공공이 분노한 기색으로 주약린을 노려보면서도 미동조차 하지 않았다.

이미 손속을 나눠본 터!

주약린이 나이답지 않게 고강한 무공을 지녔음은 알고 있었다. 이런 식으로 격장지계(激將之計 : 상대 장수의 감정을 자극해 의도하는 방향으로 이끄는 계책)를 써서 자신들의 허를 찌를 가능성을 결코 배제할 수 없었다.

적천경은 오히려 그녀의 말을 있는 그대로 받아들였다.

"나는 저들에게 원한이 없소."

"나도 그래."

"그런데 어째서 그들을 죽이고자 하는 것이오?"

"에헤?"

주약린이 눈을 살짝 크게 뜨더니 다시 눈웃음을 지어 보였다.

"역시 내 예상대로 간담이 큰 자로군. 그건 꽤 마음에 들어. 하지만 나는 남에게 질문을 받는데 익숙하지 않단 말이지."

"으헉!"

주약린이 혈사검을 가볍게 움직이자 구손의 볼살이 길게 찢어졌다. 이미 검끝이 스쳐 간 거다.

그러나 적천경은 태연했다.

시선.

오로지 주약린만을 향해 고정되어 있다. 무심한 눈빛으로 그녀의 전신을 자신의 영역 안에 가두고 있었다.

'또 저 눈빛이로군!'

주약린이 적천경을 살피며 눈가를 가볍게 찡그려 보였다. 그의 감정이 느껴지지 않는 눈빛이 자신을 훑어 내리는 것이 기분 나빴기 때문이다.

잠시뿐이다.

곧 그녀가 예의 눈웃음을 회복한 채 말했다.

"그래서 내 말을 들을 거야, 말 거야?"

"나는 저들과 원한이 없다고 했소."

"그럼 이 쓸모없는 말코 도사를 대신 죽여 버려야겠군."

구손이 얼른 말했다.

"귀인께서는 살생을 그리 함부로 말씀하시지 말아 주십시오!"

"나는 본래 살인을 좋아하는걸?"

"좋지 않습니다! 아주 좋지 않은 일이에요!"

"시끄러워!"

주약린이 언성을 높이며 다시 혈사검을 움직이자 대번에 얼굴이 피투성이로 변한 구손이 애절하게 적천경을 바라봤다. 여전히 두려움보다는 난감함이 더욱 커 보이는 표정이다.

'여기서 더 밀어붙인다면 구손도장의 진면목을 조금쯤 볼 수 있을 거란 생각이 들긴 하지만…….'

적천경이 내심 중얼거리며 검에 손가락을 가져갔다.

발검!

이제 곧이다.

그렇게 주약린의 협박에 대한 답을 대신하려 한 적천경 을 향해 구손이 갑자기 울상을 한 채 말했다.

"적 관주님, 다시 생각해 주시면 안 되겠습니까?"

"어떻게 말이오?"

"빈도의 목숨을 구해 주시는 쪽으로 말입니다."

"처음부터 그럴 작정이었소."

"……."

구손이 적천경의 고집스러운 대답에 잠시 입을 다물었 다. 그가 주약린을 무력으로 제압하고 자신을 구해 주겠다 는 의지를 표명한 것에 당황한 것이다.

주약린 역시 마찬가지다.

'이자…… 생각 이상으로 막무가내잖아?'

구손을 제압한 후 우위를 점했다 생각했는데 착각이었 다.

협박이 통하지 않는다.

회유 역시 결과는 크게 다르지 않을 듯싶다.

그래서 주약린이 고심에 빠졌을 때였다. 마치 그녀의 내심을 읽기라도 한 듯 구손이 타협안을 내놨다.

"적 관주님, 금전의 두 분 공공님은 본래 천하에 보기 드문 무공의 고수십니다."

"나도 그렇다고 생각하오."

"그러니 적 관주님은 두 분 공공님과 이번 기회에 무공을 견줘보고 싶지 않으십니까?"

"비무를 하란 것이오?"

"예."

주약린이 짜증 어린 목소리로 끼어들었다.

"나는 그들을 죽이라고 했지, 비무 따월 하라고 하지 않았다!"

구손이 그녀에게 정색을 한 채 말했다.

"귀인께서는 금일 어째서 금전에 오신 것입니까?"

"……"

"두 분 공공은 귀인께서 뵙고 싶어 하시는 분을 오랫동안 모신 측근입니다. 그러니……."

"허락하겠다!"

"……감사합니다."

구손이 주약린에게 인사를 한 후 적천경을 바라봤다. 삽

또 다른 보검이 나타나고, 달밤의 싸움은 계속된다! 249

시간에 표정이 무척이나 애절해졌다.

"적 관주님, 빈도의 호위를 허락하셨지요?"

"그렇소."

"그럼 빈도를 위해 한 번만 뜻을 꺾어주십시오."

"공짜로는 안 되겠소."

"빈도에게 원하시는 것이 있으십니까?"

"한 가지 약속!"

"말씀하십시오."

"나중에 말할 테니 반드시 들어줘야만 하오."

"그건⋯⋯."

구손이 뭐라 말하려 했을 때 이미 적천경은 멸천뇌운검을 빼 든 채 두 공공을 향해 걸어가고 있었다.

이미 마음을 굳혔다.

구손의 대답 따윈 들을 필요가 없었다.

＊　　　＊　　　＊

매화검신 유원종의 안색은 가볍게 굳어 있었다.

무당파 장문인 현무진인의 요청을 받았을 때부터 그는 금일 자신이 무척 곤란한 상황에 처했음을 직감했다.

─ 무당파와 화산파!

같은 구대문파에 속했을 뿐더러, 청성파, 곤륜파와 더불어 중원 사대검파로 따로 분류되곤 한다. 그만큼 검에 있어선 어떤 문파에도 앞자리를 내주기 싫어하며 자존심 또한 높았기에 서로에 대한 경쟁심이 유달랐다.

맨 처음 앞선 건 무당파였다.

대종사 장삼봉 진인 이래 무수히 많은 절세검객을 배출한 무당파는 줄곧 사대검파의 으뜸으로 일컬어졌다. 구대문파에서도 오로지 소림사에만 앞자리를 내줄 정도로 대단한 성세를 무척 오랫동안 유지해 왔다.

그러다 성조 영락제 시절 무당파의 절정이 찾아왔다.

전대 황제이자 조카인 건문제(建文帝)의 황위를 찬탈한 영락제를 처음부터 지지한 탓에 엄청난 특혜를 하사받았다. 무당산 일대에 무수히 많은 도관들이 증설되었고, 야심찬 영락제의 북벌에 무수히 많은 무당 제자들이 참전하여 혁혁한 전공(戰功)을 세웠다.

무당파의 숙원, 그렇게 이뤄졌다.

천 년의 역사를 자랑하는 천하 무공의 원류라 일컬어지는 소림사를 제치고 구대문파의 수좌를 차지하게 되었다.

물론 잠시뿐인 영광이었다.

얼마 후 염원하던 북벌을 실패한 영락제가 사망했고, 은 연중 건문제를 지지했던 여러 정파 세력들이 무당파로부터 등을 돌렸다. 영락제의 정통성을 문제 삼으며 무당파를 황 실의 앞잡이로 몰아세우는 세력이 점차 늘어났다.

그러는 사이 사대검파 중 은연중 무당파를 경원시하던 화산파의 세력이 강해졌다. 영락제 이후 황실에 많은 수의 문하 제자들을 들여보내고, 천하 각처의 기재들을 받아들 여 절세검객의 숫자를 대폭 늘렸다.

그리고 십여 년 전 시작된 신마혈맹과의 대전!

정파의 모든 정예가 집결된 정천맹에서 매화검신 유원종 이 무당파의 고수를 제치고 태상호법의 자리를 차지했다. 압도적인 무위로 정파의 삼신 중 한 명이 된 것이다.

그 후 구대문파와 사대검파에서 무당파와 화산파의 위치 는 자리바꿈을 하게 되었다. 누구도 입을 열어 말하진 않았 으나 자연스럽게 화산파가 무당파에게 우위를 점했음을 알 았다. 흡사 높은 곳에서 낮은 데로 떨어져 내리는 물처럼 말이다.

'그런 이유로 그동안 무당과 화산은 별다른 왕래가 없이 지내 왔다. 이번만 해도 정천맹주, 그 오지랖 많고, 의뭉스 러운 친구의 충동질이 없었다면 내가 무당산에 오는 일은 없었을 것이야. 한데 갑자기 창위가 관련된 관부와 무당파

의 일에 이리 깊숙이 끼어들게 되다니…… 나중에 화산에
돌아가 장문인을 볼 면목이 없을까 걱정이구나!'

유원종으로선 충분히 할 수 있는 근심이었다.

관부와 무림!

그것도 현 황제의 수족이나 다름없다고 알려진 창위의
고위 인사가 얽힌 일에 끼어들게 되었다. 아무리 무당파 장
문인 현무진인의 요청이 있었다곤 하나 등골이 서늘하지
않을 수 없었다. 자칫하면 돌이킬 수 없는 앙화(殃禍)를 사
문인 화산파에 전가할 수도 있는 상황이었기 때문이나.

'어쩌면 거기까지 생각하고 내게 도움을 요청한 것일지
도 모르겠구나…….'

유원종이 곁에 서서 하늘 위의 달을 올려다보고 있는 현
무진인을 의혹 어린 시선으로 바라봤다. 그의 의도가 무언
지 꿰뚫어 보고자 함이었다.

그러자 현무진인이 문득 시선을 달에서 떼어 냈다.

"참 이상한 일이지 않습니까?"

"이상한 일이라……."

"예, 정말 이상한 일입니다. 예전 같았으면 후배는 절대
화산파의 제일 고수인 매화검신 선배님한테 오늘과 같은
부탁을 하지 않았을 테니까요."

"……어쩌면 그건 노부 역시 마찬가지올시다. 만약 평상

시 같았다면 장문인과 마찬가지로 노부도 무당파와 관부, 아니 창위가 관련된 일에 끼어들지 않았을 것이외다."

속내를 가감 없이 털어놓는 유원종을 현무진인이 감탄한 표정으로 바라보다 고개를 숙여 보였다.

"어려운 결정을 내려 주신 점, 후배 머리 숙여 감사드리겠습니다."

"이미 장문인께서는 과한 예를 차려 주셨소이다. 노부 이미 속에 있는 말을 꺼냈으니, 이젠 그만 본심을 들려주셨으면 하외다."

"본심이라 하심은?"

"노부, 아니 화산파를 무당파의 일에 끌어들인 연유를 묻는 것이외다!"

슬쩍 목소리를 높인 유원종이 눈에 신광을 담았다. 다시 예의 현무진인의 의도를 꿰뚫어 보고자 하는 눈빛이 된 것이다.

"……."

현무진인이 잠시 침묵하다 미미하게 고개를 끄덕여 보였다.

"매화검신 선배님께서 의혹을 느끼시는 것도 무리는 아닙니다. 후배 역시 선배님과 같은 상황을 만났다면 의심할 수밖에 없었을 테니까요. 하지만 후배, 무당파의 이름을 걸고 단언하건대 매화검신 선배님에게 삿된 마음으로 부탁을 드린 것이 아닙니다."

"삿된 마음이 아니라면 어떤 마음인 것이외까?"

"천하의 안녕을 위함입니다."

"천하의 안녕?"

"그렇습니다. 그건……."

진중한 표정으로 설명을 이어가던 현무진인이 갑자기 안색을 굳혔다. 두 사람과 함께 무당 장로들이 집결해 있는 금전으로 향하는 길목을 향해 일단의 무리가 빠르게 접근해 오고 있었기 때문이다.

'상당한 무위를 지닌 고수들이 다수 이곳으로 집결하고 있다! 설마 이러한 일이 발생할 것을 대비해 노부에게 부탁한 것이었던가?'

유원종 역시 안색이 굳힌 채 현무진인에게 말했다.

"장문인, 어찌 이런 일이 벌어질 걸 예상하고 있었던 것이외까?"

"창위가 왔기 때문입니다."

"창위? 그럼 저들이 창위의 고수들이란 것이외까?"

"예, 그렇습니다. 금일 밤 무당파는 성조 폐하와 맺은 금약(禁約)이 깨질 위기에 봉착했으니까요."

"성조 폐하라면…… 전대 황제 영락제를 말하는 것이외

까?"

"그렇습니다."

현무진인이 대답한 것과 동시였다.

스슥!

스스스슥!

은연중 두 사람의 주변에 무당파가 자랑하는 오행검진을 펼치고 있던 장로들이 재빨리 움직임을 보였다. 금전으로 향하는 요로를 철통같이 막아버린 것이다.

그리고 얼마나 지났을까?

오행검진을 펼친 장로들과 함께한 현무진인과 유원종의 앞에 백여 명에 달하는 금포 차림의 무인들이 집결했다.

─ 황천지멸대!

창위 십대 고수 중 한 명인 나현이 자신의 직속 부대를 이끌고 모습을 드러냈다. 한 손에 애병 기룡신창을 꼬나 쥐고서 말이다.

척!

기룡신창을 어깨에 걸치고 앞으로 나선 나현이 입가에 쓴웃음을 매단 채 고개를 저어 보였다.

"과연 무당파란 것이로군! 아주 확실하게 뒷문 단속을

해 뒀어!"

"무량수불! 그대는 낯이 익구려? 창위에 속한 분이 아니시오?"

"제대로 봤수다. 나는 창위 황천지멸대주 나현! 부영반님을 뫼시기 위해 왔으니 당장 길을 터시오!"

"본래 나 대주였구려. 한데 얼마 전 나 대주는 필경 무당산 밖 십 리까지 병사를 물리기 위해 떠났던 걸로 아오만?"

"도지휘사사의 병마는 이미 무당산 십 리 밖으로 이동 중이오. 본인과 함께 온 건 창위의 황천지멸대로 부영반님의 호위를 맡았기에 그분 곁을 결코 떠날 수 없소이다."

"그렇소이까?"

"그렇소."

나현의 단호한 대답에 현무진인의 눈이 미세한 신광을 일으켰다. 내공을 일으켜 나현과 그가 이끌고 온 황천지멸대의 면면을 빠르게 살핀 것이다.

'나현이란 자…… 보기 드문 고수다! 이런 자를 호검관주는 단숨에 제압했더란 말인가!'

정천맹주에게 소개받은 은거고수!

그 배후에 정천맹과의 관계 개선을 원하는 황금귀상련주 황금왕 황대구가 있다는 걸 알기에 의심을 품고 있었다. 천하가 아무리 넓다곤 하나 그리 쉽사리 고수가 튀어나오진 않는다고 여겼기 때문이다.

그러나 그는 무당파에 온 후 연달아 놀라운 무력을 선보였다. 대천강진세 사이를 제멋대로 돌아다니고, 금마옥을 탈출한 마두들 중 최강이라 할 수 있는 적사멸왕 사백령의 팔을 잘랐다. 그리고 눈앞에 보이는 황천지멸대주 나현이란 창위의 고수마저 단숨에 제압했으니……

'그러고 보면 우리 무당은 호검관주에게 무척 많은 빚을 지게 되었구나! 지금도 지고 있고 말야!'

내심 적천경이란 존재를 새삼스레 인식한 현무진인이 나현에게 말했다.

"나 대주의 뜻은 잘 알겠소이다. 하지만 빈도에게는 아직도 성조 폐하의 칠성보검이 있소이다."

"아! 칠성보검!"

나현이 짐짓 놀란 척 탄성을 발하고 소지로 귀를 팠다. 표정이 처음으로 칠성보검을 봤을 때와 달리 심드렁하다.

'뭔가 다른 사정이 생긴 것인가?'

현무진인이 다시 눈에 신광을 발한 순간, 나현이 품에서 조심스럽게 한자 세 치가량의 중검(中劍)을 꺼내 들었다.

— **구룡보검(九龍寶劍)!**

성조 영락제가 남긴 삼대 보검 중 하나로 무림 오대세가이자 군문(軍門)으로 유명한 하북팽가의 가전지보(家傳之寶)이다. 즉, 무당파의 칠성보검과 동등한 권위를 지닌 귀물이라 할 수 있겠다.

"이것이 바로 선황 폐하의 삼대 보검 중 하나인 구룡보검올시다!"

"그걸 어떡해?"

"창위의 대영반님께서 뒤늦게 부영반님의 일탈을 눈치채고, 사람을 보내 본인에게 전달해 주신 것이오! 그러니 더 이상 칠성보검의 권위를 빌릴 생각 따윈 하지 마시오!"

"……."

현무진인이 눈살을 찌푸리며 나현이 빼 든 구룡보검을 바라봤다.

성조가 무림에 남긴 삼대 보검!

워낙 유명해서 현무진인도 익히 그 존재를 알고 있었다. 특히 구룡보검은 하북팽가의 가전지보로 유명해 감히 뭇 소인배들이 그 존재를 속일 수 없을 터였다.

그리고 여기서 또 한 가지 알 수 있는 사실은 창위의 대영반이 하북팽가와 밀접한 관련을 맺고 있다는 것이다. 그렇지 않다면 어찌 가전지보를 선뜻 내줄 수 있겠는가.

내심 빠르게 염두를 굴린 현무진인이 유원종을 돌아봤

다.

상황이 다시 바뀌었다.

창위와 무당파의 대립!

거기에 이젠 구대문파에 버금가는 정천맹의 기둥인 오대세가 중 하나인 하북팽가가 끼어들었다. 정천맹의 태상호법이기도 한 유원종이 계속 무당파를 지지하기란 그리 쉽지 않은 일일 터였다.

유원종 역시 비슷한 생각을 했음이다.

'후우, 정천맹주, 후일 이 빚은 반드시 이자까지 톡톡히 쳐서 돌려받을 것이다!'

내심 쓰게 웃어 보인 유원종이 현무진인에게 담담하게 말했다.

"노부는 이미 장문인에게 무당파와 함께하겠다고 말했소이다. 상황이 바뀌었다고 해서 일구이언(一口二言)한다면 어찌 내 검에 한평생을 건 장부라 할 수 있겠소이까?"

"과연 무림유일(武林唯一)의 검신이십니다!"

"받기 어려운 과찬이외다."

유원종이 손사래를 치면서 무겁게 안색을 굳혔다. 무당파 장문인에게 최상의 치하를 받았다곤 하나 그리 기쁘지 않았다. 화산파가 아닌 매화검신 본인만의 일로 선을 그었다곤 해도 창위와의 분쟁에 끼어들게 되었다. 후일 받게 될 위험을 떠올리자니 절로 마음이 무거워졌다.

그와 동시였다.

현무진인의 신호를 받은 무당파 장로들이 일제히 검을 빼 든 채 오행검진에 미세한 조정을 보였다.

차차차차창!

월광 아래 차가운 검광과 검기가 비산한다. 삽시간에 금 전으로 향하던 길목 전체는 무한한 살기로 가득한 귀역으 로 바뀌어 버렸다.

반면 나현은 태연하다.

다시 소지를 귀에 파묻고 휘휘 돌려 커다란 귀지 하나를 파낸 그가 구룡보검을 품에 넣고 말했다.

"역시 순순히 길을 터 주진 않겠다는 거로군?"

"이곳은 무당산이올시다!"

"그게 뭐?"

"……"

도발적인 나현의 퉁명스러운 말에 현무진인이 입을 다물 었다.

이제 예의를 차리는 단계는 지나갔다.

무림의 법칙! 강호의 도리!

이런 상황에서는 모두 한가지로 귀결된다.

'곧 공격해 올 것이다! 하지만 무당이 먼저 창위를 공격

해서는 안 된다!'

대명제다.

선수필승이 분명하다 해도 무당파는 황제의 심복이라 할
수 있는 창위를 먼저 공격할 수 없었다. 그래선 안 되었다.
자칫 반역의 죄를 뒤집어쓸 수 있었기에.

단! 절대 금전으로 나현과 그가 이끄는 황천지멸대를 보
낼 수는 없었다. 성조 영락제와 무당파 간에 맺은 금약은
반드시 지켜내야만 했기 때문이다.

그때 나현이 안색을 굳히고 손을 치켜올렸다.

척! 척! 척! 척!

그의 신호를 받은 황천지멸대 일렬 열 명이 일제히 품에
서 검은 구체를 끄집어냈다.

화탄!

그것도 병부나 창위에서도 극히 소수의 인물들만이 다룰
수 있는 천뢰작열탄(天雷灼熱彈)이다. 한 번 폭발로 반경
수 장을 초토화 시키는 흉기 중의 흉기가 무려 열 개나 모
습을 드러낸 것이다.

나현의 얼굴에 살기가 어렸다.

"마지막으로 권고하겠소! 무당파의 도인들은 당장 길을
터서 남은 목숨을 보존토록 하시오!"

"무량수불!"

"정녕 관을 봐야 눈물을 흘릴 작자들이로군!"

"……."

나현이 짜증 어린 표정을 지어 보였고, 현무진인은 침중한 표정으로 칠성보검을 뽑아들었다.

그야말로 일촉즉발(一觸卽發)의 상황!

한데, 갑자기 유원종이 시선을 그들에게서 떼어 내 금전 쪽을 바라봤다.

'실로 웅장한 기세로다!'

현무진인과 나현 역시 조금 늦게 표정이 변했다. 그들 역시 유원종만 못할 뿐 초절정에 이른 고수라 금전에서 일어난 격렬한 기세의 변화를 감지해낸 것이다.

'무량수불! 드디어 노야께서 나오신 것인가?'

'우와앗! 이 엄청난 기세는 뭐야? 도대체 금전에서 지금 무슨 일이 벌어지고 있는 거람?'

두 사람의 시선이 거의 동시에 금전을 향했다.

일촉즉발의 상황?

그렇게 갑자기 멈춰 버렸다. 왜 이렇게 되었는지 설명할 수 없는 원인으로 인해서 말이다.

*　　　*　　　*

저벅! 저벅!

적천경은 멸천뇌운검을 뽑아들고 천천히 두 공공을 향해 걸어갔다.

그들과 가까워질수록 가중되는 압력!

멀리서 지켜보던 것과는 조금 다르다. 생각 이상으로 두 공공이 발출하고 있는 내공력은 강력했다. 어째서 주약린 정도 되는 고수가 뚫고 지나가지 못하고 돌아왔는지 이해가 간다.

하나 적천경은 일반적인 무학을 익힌 사람이 아니었다.

저벅! 저벅!

두 공공에게 다가갈수록 걸음의 속도를 조절하더니, 곧 지루할 정도로 느리게 움직이기 시작했다.

분뢰보!

일보둔형(一步鈍形)!

지극한 도(道)는 오히려 우둔해 보인다는 고사(古事)에서 따온 이름대로다. 적천경의 일보둔형은 일견 굼벵이처럼 느리고, 어설퍼 보였으나 이를 접한 두 공공의 안색은 대번에 크게 변했다.

'호호, 젊은 녀석이 제법 쓸 만한 검기를 지니고 있다 했더니, 보법 또한 기묘한 점이 있구나!'

'정말 오만한 놈이로구나! 우리의 무공을 보고도 감히

혼자서 덤벼들 생각을 하다니! 하지만 조금 전 일으켰던 검풍이나 지금의 보법, 모두 일반적인 무림 고수와는 다른 격을 드러내고 있음이다!'

밋밋한 태양혈(太陽穴)!

다시 봐도 갓 약관을 벗어나 보이는 외양!

손에 들려 있는 고철을 닮은 폐검, 멸천뇌운검!

어느 모로 보든 고수의 풍모라 할 수 없는 적천경이나 두 공공은 극도로 긴장했다.

그가 제아무리 내공 수련의 정도가 미미해 보이고, 동안에 쓸모없어 보이는 검을 들었다하나 갈수록 인상적으로 느껴졌다. 의식하게 되었다. 자신들이 은연중 일으킨 강력한 내공진기를 뚫어내고 있는 일보둔형의 기묘한 변화는 단지 이에 대한 확인에 불과했다.

그리고 시험은 이쯤으로 충분했다.

더 이상 적천경이 제멋대로 자신들의 영역으로 걸어오게 놔둘 이유가 없었다. 그만큼 그가 펼친 일보둔형은 위협적으로 두 공공을 압박했다.

"놈!"

황 공공이 뾰족한 목소리로 대갈하며 성명절학인 천수관음장(千手觀音掌)을 펼쳐냈다.

주약린을 상대할 때와는 사뭇 다르다.

처음부터 매우 강력한 초식으로 적천경을 압박했다.

"……."

상 공공은 오히려 기력을 안으로 끌어들이며 역시 성명 절학인 음도구상권(陰道九傷拳)을 준비했다. 황 공공의 천수관음장을 적천경이 깨뜨릴 경우, 잔뜩 응축시켰던 음도구상권의 권풍으로 단숨에 승부를 보고자 함이었다.

그러나 황 공공의 천수관음장이 천지를 종횡하는 손그림자를 만들어 낸 것과 동시였다.

스으!

극단적일 정도로 느린 일보둔형의 보법을 견지하고 있던 적천경의 신형이 가벼운 흔들림과 함께 가속했다. 마치 잔뜩 움츠려 있던 용수철이 튀어 오르듯 지축을 박차며 황 공공을 향해 파고든 것이다.

물론 그것만으로 끝일 리 없다.

스파앗!

극단적으로 빨라진 적천경의 그림자 속에서 멸천뇌운검이 묵빛 섬전을 만들어 냈다.

예의 검풍?

그보다는 폭풍이다.

빨라진 일보둔형의 움직임에 더해 멸천뇌운검이 만들어 낸 사일단심이 황 공공의 천수관음장을 꿰뚫었다. 흡사 시위를 떠난 활처럼 맹렬한 기세로 날아가 치명적인 일격을 가했다.

파파파파파팟!

그러자 다시 변화를 보이기 시작한 황 공공의 천수관음장!

멸천뇌운검에 꿰뚫린 손그림자들이 순간적으로 적천경의 전신을 휘어감았다. 흡사 병진 중 대종(大宗)인 학익진(鶴翼陣)처럼 적천경의 돌파를 허용한 후 배후로 돌아들어가 포위섬멸전에 들어간 것이다.

그러나 그 순간 적천경이 또 한 번 가속했다.

일보축지!

단 한 번, 내려선 지축을 밟으며 뛰어오른 적천경의 멸천뇌운검이 황 공공의 어깨를 꿰뚫었다.

"헉!"

황 공공이 찢어지는 목소리로 비명을 터뜨렸다.

"죽어랏!"

기다렸다는 듯 상 공공의 권풍을 쏟아 냈다. 잔뜩 준비하고 있던 음도구상권의 절초가 적천경의 텅 빈 옆구리를 노리며 파고들었다.

아니다.

그럴 수 없었다.

스으 — 팟!

순간 멸천뇌운검과 함께 신형을 회전시킨 적천경이 손날로 상 공공의 태양혈을 때렸다. 신형을 회전시키는 방향, 그대로 가속을 덧붙여 상 공공에게 반격을 가한 것이다.

쾅!

결과는 실패였다.

극히 짧은 순간 상 공공이 이마로 적천경의 손날 공격을 받아 냈다.

'철두공(鐵頭功)?'

적천경이 흡사 강철 벽을 때린 듯 손에서 느껴지는 통증에 눈살을 가볍게 찌푸렸다.

잠시뿐이다.

곧 그의 신형이 기묘한 동작으로 변화를 보였다. 그렇게 함으로써 다시 위력을 회복한 상 공공의 음도구상권의 반격을 회피했다.

빙글!

그리고 감각적으로 내뻗은 일검!

"헛!"

상 공공이 자신이 일으킨 강력한 권풍을 뚫고 파고든 검기(劍技)에 놀라 나직한 신음을 터뜨렸다. 설마 폐검이나 다름없어 보이는 멸천뇌운검이 단금절옥의 보검처럼 자신의 권풍을 잘라 버릴 줄은 몰랐던 것이다.

하지만 상 공공은 전장에서 종군한 적이 있는 대장군이었다.

도산검림(刀山劍林)을 걸어온 세월!

그 칼날 끝을 걷는 것 같은 생존 감각이 그의 목숨을 구했다.

촤촤촤촤촤악!

권풍을 뚫고 들어온 검날을 상 공공의 소매가 휘어 감았다. 내력을 잔뜩 주입해서 검날의 이동 속도를 늦춘 것이다. 그리고 순식간에 찢겨져 흩날리는 소맷자락 속에서 허리를 잔뜩 숙이고 환관 걸음을 걸었다. 아주 빠르게.

스슥!

적천경의 물 흐르듯 하던 움직임이 그때야 비로소 멈췄다. 연달아 두 공공을 공격해서 격퇴시키는데 성공한 순간 새로운 변화가 찾아왔기 때문이다.

'구손도장……'

변화의 중심은 구손이었다.

그는 어느새 두 공공과 적천경을 지나쳐 금전 앞에 도달해 있었다. 한 명의 허리 굽은 노인을 앞에 둔 채로 말이다.

9장

장천사(張天師)의 그림자……

　노인.

　오래되어 누렇게 바랜 장삼.

　모발은 한 가닥의 검은색도 찾을 수 없이 하얗게 세었고,
수염 역시 그러하다.

　그야말로 그림의 그린 것 같은 은발백염!

　게다가 허리까지 절반쯤 굽어 있으니, 죽을 날을 받아 놓
은 촌로라해도 크게 틀리지 않을 성싶다.

　하나 한 가지 특별한 점이 있다.

　눈.

　본래의 용모를 가늠키 어려울 정도로 잔주름으로 뒤덮인

노인의 눈만은 비범함을 간직하고 있었다. 달빛만이 교교히 떨어져 내리고 있는 무당산의 정상에서 오랜 세월을 이겨 내고 꿋꿋하게 자신의 기운을 잃지 않은 것이다.

구손이 노인에게 정중하게 허리를 숙여보였다.

"노야, 밤바람이 찬데 이렇게 나오시게 해서 죄송합니다."

"허허, 구손도장이 왔는지 알았으면 좀 더 일찍 나올 것을 그랬네."

"적당할 때 나오셨습니다."

"그랬던가?"

"예, 그렇습니다."

"하긴 구손도장은 천기를 읽을 줄 아는 사람이었으니, 오늘 벌어진 일도 이미 알고 있었을 테지."

"……."

구손이 노인을 향해 빙긋이 미소 지어 보였다. 굳이 대답할 필요를 느끼지 못한 듯싶다.

털썩!

그때 하늘에서 한 떨기 꽃이 떨어져 내렸다.

아니다.

자세히 보니, 꽃은 사람이었다.

주약린!

그녀는 노인의 등장과 함께 예상치 못한 미지의 힘에 떠
밀려 하늘로 날아올랐다가 이제야 떨어져 내렸다. 중간에
몇 차례 몸부림을 치긴 했으나 여전히 미지의 힘의 영향력
에서 벗어나지 못했다. 별다른 낙법조차 없이 바닥에 떨어
진 건 바로 그 때문이었다.

"으으!"

신음이 절로 흘러나온다.

전신이 사분오열(四分五裂)된 것처럼 아프다.

그러나 단지 그뿐이었다.

곧 주약린은 자신이 멀쩡하다는 걸 깨달았다. 끝 간 데
없이 높이 하늘로 치솟아 올랐다가 떨어졌음에도 특별히
부상당한 곳이 없었다.

그야말로 기이한 일!

'도대체 내게 무슨 일이 벌어진 것이지?'

끝없이 일어나는 의혹에 머리가 지끈거려온다. 이성으로
도저히 예측할 수 없는 일을 만나서 극도로 혼란스러워졌
다.

잠시뿐이다.

곧 정신을 수습한 주약린이 잘록한 허리에 가볍게 힘을
주고 신형을 일으켜 세웠다.

사라락!

잔뜩 헝클어졌던 삼단 같은 머리가 바람에 나부낀다. 어느새 얼굴을 가리고 있던 면사 역시 자취를 감췄다.

완미(完美)!

꽃이라 오해를 샀던 것도 무리는 아니다.

그런 절세의 아름다움을 드러낸 채 주약린은 구손과 노인의 앞에 섰다.

"내게 무슨 짓을 한 것이냐!"

"빈도와는 전혀 관련 없는 일입니다."

"하면⋯⋯."

주약린이 봉황을 닮은 시선을 노인에게 던지다 이맛살을 가볍게 찌푸려 보였다.

볼품없어 보이는 촌로!

하나 뭔가 시선을 잡아끄는 점이 있다.

오만무례하기로 천하에 당할 자가 없는 그녀임에도 감히 함부로 할 수 없는 기질이 느껴졌다. 그리고 가슴을 두드리며 찾아든 깨달음!

'이 분이다!'

내심 소리친 주약린이 노인을 향해 자신의 봉황십환 중 하나를 빼서 내밀어 보였다.

"봉황지연(鳳凰之戀)을 기억하십니까?"

"봉황지연?"

"예, 기억하십니까?"

재차 주약린이 소리치자 그녀를 향해 두 공공이 바람처럼 달려왔다.

"노야님에게서 떨어져라!"

"노야님에게서 떨어져라!"

거의 동시에 두 공공이 소리 질렀다. 그와 함께 각자 성명절학을 주약린에게 집중시켰다. 적천경을 상대했을 때와 비교해 결코 떨어지지 않는 위력의 공격을 쏟아낸 것이다.

그러나 그 순간, 노인이 손을 가볍게 내저어 보였다.

천지가 뒤집어졌다.

대기가 진동을 일으켰다.

분명 그런 충격을 두 공공은 느꼈다. 그래서 주약린을 얼마 남기지 못하고 신형을 멈춰야만 했다.

비틀비틀!

휘청휘청!

두 공공이 일제히 갈지자(之)로 걸음을 옮겼다. 느닷없이 당한 충격 때문에 바닥에 쓰러지지 않기 위해 그럴 수밖에 없었다. 흡사 엄청난 규모의 지진을 만난 것이나 다름없는 충격을 직접적으로 받았기 때문이다.

그때 적천경이 걸음을 옮겼다.

저벅! 저벅!

여태까지와 다름이 없다.

그는 갈지자걸음으로 신형을 휘청거리고 있는 두 공공에게 태연하게 다가갔다. 노인이 발휘한 이적이나 다름없는 능력이 그에겐 전혀 영향을 미치지 못한 듯싶다.

타닥! 탁!

적천경이 두 공공을 손바닥으로 때렸다.

— 명문(命門), 풍문(風門), 천주(天柱)…….

하나같이 중혈(重穴)이다.

무공을 익히지 않은 일반인이라도 제대로 때리면 목숨을 잃게 할 수 있는 급소들이다. 무공을 익힌 무림인이 제대로 가격한다면 더욱 문제가 될 수 있을 터였다.

하나 적천경은 손속에 전혀 사정을 두지 않았다.

일시 강대한 내력을 두 공공의 중혈로 쏟아 부었다. 그들을 이번 기회에 죽이려한 것일까?

그렇지 않다.

오히려 반대로 적천경은 두 공공을 구하려 했다. 갑자기 몸의 중심을 잃어버린 그들의 균형감을 되찾아주기 위해 감각 기관을 일시적으로 마비시킨 것이다.

그러자 과연 효과가 있었다.

흠칫!

움찔!

방금 전까지 당장이라도 바닥에 내팽개쳐질 것처럼 몸을 흔들어 대던 두 공공의 움직임이 멈췄다. 그리고 지진을 만난 것과 같은 몸의 경련!

털썩! 털썩!

결국 두 공공이 바닥에 주저앉았다. 쓰러진 것이 아니다. 일제히 가부좌를 틀고 앉아서 운공조식에 들어갔다. 그렇게 함으로써 몸 안에 들어온 이질적인 기운으로부터 자기 자신을 지키기 위함이었다.

거기까지의 과정을 묵묵히 지켜보고 있던 노인의 눈에 이채가 어렸다.

"재밌는 친구로군!"

"정말 그렇습니다."

"무쌍의 능력을 지닌 구손도장이 그리 말하는 걸 보니, 더욱 흥미가 생기는구만."

"하하, 그렇게 빈도를 떠 보셔도 소용없습니다. 빈도 역시 적 관주님에 대해 아는 것은 별로 없으니까요."

"적 관주? 일문지주(一門之主)란 말이로구만."

"빈도가 보기엔 후일 일대종사(一代宗師)가 될 수도 있다고 봅니다."

"과연!"

노인이 미미하게 고개를 끄덕이곤 역시 두 공공처럼 충격을 받아 몸이 마비된 주약린에게 손가락을 퉁겼다.

투둑!

"헉!"

주약린이 한 차례 가쁜 숨결을 토하고 마비에서 풀려났다.

거센 산정의 바람.

여전히 크게 흐트러져 있는 긴 모발이 얼굴의 절반을 가렸으나 타고난 미모를 전혀 가리지 못한다. 눈앞에서 지켜보는 것만으로 웬만한 사내라면 숨이 멎고야 말 듯싶다.

노인이 그 같은 주약린의 얼굴을 잠시 바라보곤 미미하게 고개를 끄덕여 보였다.

"그래, 네가 진정 화비(花妃)를 닮았구나!"

"봉황지연을 기억하십니까?"

세 번째 같은 질문에 노인의 잔주름 가득한 얼굴에 우울한 감정의 조각이 스쳐 갔다.

"어찌 내가 봉황지연을 기억하지 못할까? 평생 중 유일하게 즐거웠던 시절이었거늘……."

"소손, 주약린이 혜제(惠帝) 폐하를 뵙자옵니다!"

주약린이 바닥에 그림처럼 부복했다.

갑작스러운 반전!

자존심으로 똘똘 뭉친 것 같던 그녀의 돌발적인 행동에 노인이 침중한 표정이 되었다.

— 혜제!

십수 년 전 바람을 따라 전해오는 소문으로 들었다.

죽은 사람의 이름.

그것도 성조 영락제, 자신에게서 황위를 찬탈한 숙부가 직접 지어줬다고 하는 시호다. 한동안 가슴을 칠 정도로 고통스러워 종종 잠에서 깨게 하곤 하던 아픈 이름이었다.

그렇다.

혜제!

그 이전엔 대명제국 이 대 황제 건문제라 불리던 자가 바로 눈앞의 노인 주윤문이었다. 이젠 기억조차 나지 않는 옛 역사가 갑자기 무당산의 제일봉, 자소봉의 정상 금전에서 생생하게 다시 살아난 것이다.

*   *   *

'대충 짐작은 했었지만……'

적천경은 얼마 전 주약린과 노인이 들어간 금전을 바라보며 생각에 잠겼다.

건문제 주윤문!

시호가 혜제인 이 사람은 아주 오래전 만인지상(萬人之上)의 위치에 있던 만승지존(萬乘之尊)이었다.

즉, 황제다.

영웅 황제라 일컬어지는 성조 영락제의 조카로 젊은 나이에 태조(太祖) 주원장에게 황위를 이어받은 황가의 적손!

결코 이런 황량한 산정에 지어진 도관에 머물만한 인물이 아니었다. 천하를 호령하고, 자금성 구중궁궐에서 온갖 호사를 누리며 지내야 마땅할 터였다.

아니다.

그럴 수 없었다.

오히려 주윤문의 위치는 정반대라고 할 수 있었다.

영락제는 자신의 조카 주윤문이 황제에 오르자 연경(燕京 : 현재의 북경)에서 난을 일으켜 황위를 찬탈했다. 그를 당시의 황도였던 남경(南京)에서 죽이고, 천하에 피바람을 일으켰다. 정통성을 지닌 건문제를 따르던 수많은 사람들을 죽이고, 대명제국을 자신의 것으로 만든 것이다.

그게 여태까지 세상에 전해진 역사였다.

모든 사람들이 알고 있는 잔혹하고 냉엄한 사실이었다.

한데 갑자기 죽어서 '혜제'란 시호까지 받은 자가 살아났다. 그것도 정적인 영락제의 가장 큰 우군이라 할 수 있는 무당파의 세력권 안에서 말이다.

천하가 경동할 일이다!

아니, 혈풍을 불러일으킬만한 대사건이었다!

영락제의 후손인 현 황제는 암군이라 불리고 있었다. 정사는 문란했고, 외적은 창궐하여 제국은 과거의 영광을 서서히 잃어 가고 있었다.

그런데 갑자기 황실의 적통 중 적통!

억울하게 황위를 빼앗긴 건문제가 나타났다. 난(亂)의 씨앗이 움텄다고 할 수 있을 터였다. 그를 중심으로 영락제에게 억눌려 있던 과거의 세력들이 한꺼번에 몰려들게 뻔했기 때문이다.

여기까지 염두를 굴린 적천경이 눈살을 찌푸렸다.

'……골치 아픈 일이 끼어들었군!'

친구 곽채산의 생존을 파악하기 위해 찾아온 무당산.

중간에 다시 싸우는 재미를 알았다.

검!

오랫동안 마음 한편으로 밀어놨던 친구를 잡고 힘껏 강적에 대항하는 재미를 되찾았다.

그리고 스멀거리며 일어난 웅심!

패기란 전율에 온몸이 떨려오는 걸 느꼈다. 소름 돋는 즐거움에 친구 곽채산을 잠시 잊어버렸을 정도였다.

그러나 이제 천하에 피바람이 불어올 대사건을 직면하고 보니, 머릿속이 차갑게 가라앉았다.

다시 친구 곽채산이 떠올랐다.

목숨을 바쳐서라도 지켜야할 처제 소하연. 그리고 호검관의 제자들과 식구들이 신경 쓰였다. 그들이야말로 현재 적천경이 살아가는 이유의 전부였기 때문이다.

슥!

적천경이 금전을 뒤로하고 천천히 신형을 돌려세웠다. 그러자 어느새 그의 앞에 구손이 서서 입가에 묘한 미소를 매달고 있다.

"적 관주께서는 그리 결정을 내리신 겁니까?"

"뭘 말하시는 것이오?"

"시치미를 떼시는 겁니까? 그 역시 적 관주의 결정이시라면 빈도, 굳이 더 묻지 않겠습니다. 하지만 적 관주님께서는 빈도의 호위를 맡기로 하셨습니다. 그 약속을 어겨선 안 될 것입니다."

"난 약속을 어길 생각이 없소. 다만……."

"다만?"

"……다만 나는 한 가지 구손도장에게 물어봐야겠소."

"말씀하십시오."

"이번 일에서 무당파는 어디까지 연관되어 있는 것이오?"

"역시 적 관주님은 솔직한 분이시군요. 하지만 질문이 좀 잘못된 듯합니다. 핵심은 노야님이 아니라 선황이신 성조 폐하와 무당파 간에 맺어진 금약입니다."

"금약?"

"예, 금약입니다. 천하의 안녕을 위해 결코 깨져서는 안 되는. 하지만 적 관주님도 봐서 알겠지만 현재 무당파에 그럴 만한 힘이 있겠습니까?"

적천경의 눈빛이 깊게 가라앉았다.

구손.

무당산에 숨어 있는 잠룡!

무당파에 와서 발견한 단 한 명의 인재였다. 사부에게 들었던 대로 천하에는 역시 수많은 인재가 숨어 있었다.

하지만 금전에서 만난 건문제 주윤문!

노야라 불리는 전대 황제의 무위는 상상을 초월하는 것이었다.

그야말로 불가사의(不可思議), 그 자체!

그가 일시 보인 능력의 일단은 일반적인 무학의 경지를 훌쩍 뛰어넘었다. 일종의 이능(異能)이나 다름없었다.

'당세에 비견할 만한 사람이 있다면 아마 사부님 정도일 것이다. 그런 사람을 현재의 무당파에서 금제할 수 있을 리 만무할 터. 그동안 무당파의 장문인이나 구손도장이 보인 이해할 수 없는 행동에는 이 같은 사정이 있었구나.'

내심 염두를 굴린 적천경이 구손에게 천천히 고개를 저어 보였다.

"현재의 무당파에게 그만한 힘은 없을 것이오."

"바로 보셨습니다."

"하지만 구손도장에게는 뭔가 방도가 있는 게 아니오?"

"적 관주님께서는 빈도의 능력을 지나치게 높게 보시는군요?"

"전혀 그렇다고 생각하지 않소."

"하하, 거 참⋯⋯."

구손이 짐짓 헛웃음을 지어 보이며 적천경의 시선을 슬그머니 피했다. 그의 눈빛이 상당히 부담스러워 보인다. 세상을 놀라게 할 만한 경륜과 능력을 지녔으나 은자(隱者)의 성향을 지녔기에 스스로를 드러내고 싶지 않은 것이 분명하다.

그러나 적천경은 봐주지 않았다.

"본래 사부님에게 듣기로, 도가의 은자들은 세상을 등지고, 천하의 뭇 인재들을 조롱하며 자연에서 음풍농월(吟風

弄月)하길 즐긴다고 하셨소. 하지만 구손도장은 그런 자들과는 다른 사람이라 생각하오만?"

"……빈도는 물론 그런 사람이 아닙니다."

"그럼 다시 묻겠소. 구손도장은 앞으로 어찌 일이 진행될 거라 생각하시오?"

"빈도가 궤를 뽑기를 원하시는 겁니까?"

"천하의 안녕을 말한 구손도장의 생각을 묻는 것이오."

"……."

구손이 처음으로 말문이 막힌 듯 적천경을 바라봤다.

잠시뿐이다.

곧 평상시와 마찬가지로 여유로운 표정을 회복한 그가 뒤통수를 긁적이며 말했다.

"적 관주님은 역시 빈도를 너무 높게 생각하십니다. 하지만 제 생각을 물으시니 조야(粗野)하나마 한마디 하겠습니다. 노야께서는 한 갑자가 넘는 세월 동안 금전에서 지내셨습니다. 그동안 우연히 기연을 만나셨으니 이는 천하인의 큰 복인가 합니다."

"하면?"

"예, 노야께서는 오로지 본인의 의지로 금전에 머물러 계신 겁니다. 적어도 빈도와 교우한 십여 년간은 분명 그러하셨습니다."

"하지만 사정이 바뀐 것 같지 않소?"

"예, 사정이 바뀌었습니다. 그래서 빈도에게 큰 고민이 생겼습니다."

'창위의 부영반! 그녀는 필경 건문제의 후손이 분명하다!'

현 황제에 대한 반역!

혹은 정통성이 있는 건문제의 복위!

건문제의 후손으로 보이는 주약린이 노리는 바일 터였다. 그 외엔 창위의 고수들에 도지휘사사의 병마까지 이끌고 무당파를 치려했던 이유가 설명되지 않는다.

"구손도장이 염려하는 바는 노야의 심경에 변화가 생기는 것이오?"

"그런 일은 벌어지지 않을 것입니다."

"확신할 수 있소?"

"예, 노야께서는 이미 대도(大道)를 이루신 고인(高人)으로 더 이상 잃어버린 것에 대해 집착하실 분이 아니십니다."

"하면 무엇이 염려되시는 것이오?"

"그건…… 소문입니다."

"소문?"

"예, 발 없는 말이 천리를 간다는 말이 있습니다. 오늘 노야께서 과거의 인연을 단호히 끊어 버린다 할지라도 곧 천하에 온갖 종류의 소문이 돌 것입니다. 그걸 황실에서는 결코 좌시하지 않을 것이고요."

"금전에 부영반을 데려왔을 때 이미 대비책은 생각해 놓은 게 아니오?"

"대충 생각해 놓은 게 있었긴 합니다만……."

잠시 말끝을 흐린 구손의 입가에 씁쓸한 미소가 떠올랐다.

"……과연 피는 물보다 진하다는 세간의 이야기가 크게 틀린 것은 아니었던 것 같습니다."

"그건 무슨 뜻이오?"

"곧 알게 되실 겁니다. 그리고 그때 적 관주님께서는 반드시 빈도와 했던 약속을 지켜 주셔야만 할 것입니다."

"……."

적천경의 검미가 살짝 치켜 올라갔다.

정말 말을 잘한달까?

눈앞의 구손은 교묘하게 말을 돌려가면서 자신의 질문을 빠져나가고 있었다. 많은 말을 나눴지만 핵심은 쏙 빼놓아서 여전히 상황을 미궁 속으로 몰아넣고 있었다.

*　　*　　*

오랜 침묵 속에 잠겨 있던 금전의 문이 열리고 주약린과 두 공공이 모습을 드러냈다.

"으아아아악!"

"……."

"……."

갑작스러운 주약린의 비명에 두 공공이 흠칫 놀란 기색이 되었다.

사삭! 삭삭!

황 공공이 양손에 잔뜩 공력을 돋궜고, 상 공공 또한 주먹을 살짝 거머쥐었다. 느닷없이 광증을 폭발시킨 주약린으로부터 자신들을 지키기 위함이었다.

'노야께서 갑자기 자취를 감춘 것에 충격을 받고 미쳐 버리기라도 한 것인가?'

'노야께서 없어지셔서 미칠 것 같은 상황이 된 건 우리도 마찬가지란 말이다!'

두 공공은 복잡한 표정으로 주약린을 바라봤다.

주약린과 금전에 든 지 얼마 안 되어 건문제는 감쪽같이 자취를 감췄다. 그녀에게 현재의 황제를 몰아내고 다시 황위를 되찾으라는 설득을 듣고 도망가 버린 것이다.

곤란해진 건 두 공공이었다.

세간의 악평과 달리 영락제는 황위를 찬탈하기는 하였으되, 조카를 죽인 숙부가 되고 싶진 않았다.

그래서 건문제를 폐위시킨 후 그를 무당산의 금전에 유폐시켰는데, 당시 감시 역을 맡은 게 심복인 두 공공이었다.

하지만 그 사이 세월이 한 갑자가 넘게 흘렀다.

선황 영락제가 죽은 후 건문제는 도학을 공부하다 기연을 만나 득도해 선인(仙人)이 되었고, 감시 역이었던 두 공공 또한 언젠가부터 그를 스승처럼 섬겨왔다. 일종의 종교적인 감화를 받게 된 것이었다.

그러다 주약린이 나타났다.

건문제의 여러 후궁 중 유일하게 잉태했던 화비의 태생.

필경 건문제의 후손이 분명했다. 절대 현재의 황가에서는 정통성을 인정받지 못할 테지만 말이다.

'그런데 그런 황녀가 갑자기 노야 앞에 나타났으니 이건 큰일도 보통 큰일이 아니다! 천하가 뒤집힐 만한 일이 벌어지고 만 것이야!'

'도대체 노야와 둘이서 무슨 얘기를 나눈 것일까? 설마 역모를 일으키자고 한 것일까?'

충분히 있을 수 있는 일이다.

사실 그렇지 않다고 보는 게 무리라고 볼 수 있었다.

그때 복잡한 심경으로 내력을 모으고 있는 두 공공을 향해 비명을 멈춘 주약린이 말했다.

"두 분, 공공께 내 한 가지 묻겠어요!"

"말씀하시지요."

"두 분, 공공도 노야께서 어디로 사라졌는지 아시는 바가 없나요?"

"그, 그렇소이다."

"우리 역시 노야와 평생을 함께해 온 터. 그분께서 갑자기 금전을 떠나신 것 때문에 마음이 혼란스럽고 두렵소이다."

잇달아 얘기하는 두 공공을 지그시 바라보던 주약린이 문득 피식 웃어 보였다.

"후후, 그렇다면 나는 정말 우스운 꼴이 되어 버렸군요. 믿었던 핏줄로부터 또다시 버림을 받아버렸으니까."

"……"

"……"

"그럼 두 분, 공공은 이제 어찌하실 작정이신가요?"

황 공공이 상 공공을 한번 쳐다보곤 힘없이 말했다.

"그건 아직 생각해 보지 않았소이다."

"노야를 찾아 나서야겠지!"

상 공공의 단호한 말에 황 공공의 표정이 살짝 밝아졌다.

"역시 그래야겠지요?"

"당연하지! 우리에겐 선황 폐하의 고명이 있으니, 결코 죽을 때까지 수행해야만 할 것일세!"

"예, 물론입니다."

황 공공이 몇 차례에 걸쳐 고개를 끄덕였다. 그러자 주약린이 입가에 다시 미소를 담았다. 조각같이 아름다운 외모임에도 무척이나 차갑게 느껴지는 표정과 함께다.

"곧 이곳으로 창위의 고수들이 잔뜩 몰려올 거예요. 그들은 무자비한 자들인데, 과연 두 분, 공공이 무사히 무당산을 빠져나갈 수 있을까요?"

"창위? 하지만……."

"난 물론 창위의 부영반이에요. 그들도 감히 날 어쩌진 못할 거예요. 하지만 두 분, 공공은?"

"……그들이 선황의 고명을 받은 우리를 죽일 거라는 것이오?"

"아마 시체조차 남기지 않을 테지요. 황궁에서 오랜 세월을 보낸 두 분, 공공이라면 창위가 어떤 조직인지 누구보다 잘 알 텐데요?"

"……."

황 공공이 다시 상 공공을 바라봤다. 그의 의중을 묻기 위함이었다.

그러자 상 공공이 침중한 표정으로 말했다.

"주 소저께 내 묻겠소이다. 우리 늙은 환관들에게 무얼 원하시는 것이오?"

"충성 맹세!"

"우리 두 사람은······."

"그리고 나와 함께 노야를 찾는 것!"

"······노야를 찾는 걸 도와주시겠다는 뜻이오?"

"내가 이대로 노야를 포기할 거라 생각하는 건가요?"

"······."

상 공공이 잠시 주약린을 바라보다 황 공공에게 한숨과 함께 말했다.

"황 공공, 굳이 나 상곤을 따를 필요는 없네."

"상 공공과 황노식은 평생을 함께 해 왔소이다. 어찌 인제 와서 그런 서운한 소리를 하시는 것이오?"

"자네 뜻이 그렇다면 알겠네."

천천히 고개를 끄덕여 보인 뇌권신장(雷拳神將) 상곤이 주약린을 향해 정중하게 대례했다.

"명 황실의 말단에 이름을 올린 상곤이 주약린 소저에게 충성을 맹세하겠소이다! 부디 노야를 찾는 데 상곤을 우마(牛馬)처럼 사용해 주시오!"

관음마수(觀音魔手) 황노식이 역시 대례를 올렸다.

"성조 폐하의 고명을 받드는 환관 황노식이 주약린 소저에게 충성을 맹세하겠소! 상 공공과 함께 견마지로(犬馬之勞)를 바칠 테니, 반드시 노야를 찾아 주시길 바라오!"

주약린의 얼굴에서 그제야 살얼음이 풀렸다.

'흥! 쓸 만한 장난감이 둘 생겼군. 할아버지를 찾기 전까진 한동안 심심치 않겠어. 아니지! 그보다 더 괜찮은 장난감이 또 있었는데…… 저기 있군!'

내심 냉소한 주약린이 신형을 돌려 금전을 향해 대례를 올렸다.

"소녀 주약린, 할아버님께 일단 하직 인사를 올립니다! 하지만 결코 포기한 것이 아님을 알아주십시오! 반드시 할아버님을 다시 찾아내서 소녀, 뜻을 이룰 것이옵니다!"

"……."

"……."

두 공공이 대례를 풀고 일어서 멍한 표정으로 주약린을 바라봤다. 주약린이 한 말 속에 담긴 깊은 상실감과 의지에 문득 소름이 돋는 걸 느꼈으나 이미 늦었다. 한번 충성 맹세를 했으니 그들의 성품상 건문제를 찾기 전까진 어찌 됐든 주약린을 따를 수밖에 없었다.

*   *   *

"으아아아악!"

금전에서 갑작스럽게 울려 퍼진 비명 소리에 적천경과 구손이 흠칫 놀란 표정이 되었다.

"대충 저쪽도 정리가 끝난 모양입니다!"

"노야께서 보이지 않는데……."

"떠나셨겠지요."

"……그건?"

"예, 그것이 노야 나름대로의 해결 방법이셨나 봅니다. 빈도는 다른 방식을 선호했지만요."

"……."

적천경이 구손을 묘한 표정으로 바라봤다.

자신의 혈육인 주약린과의 대화 후 홀연히 떠나는 걸 선택한 건문제 주윤문!

대충 그 심정을 짐작할 수 있다.

세속의 권력뿐 아니라 혈육의 정조차 과감히 끊어낸다는 건 얼마나 힘든 일인가. 능히 그 같은 일을 감행했으니 과연 대도를 이룬 선인이라 해도 과언이 아닐 터였다.

한데 눈앞의 구손은 그 마저도 못마땅한 듯싶다.

더한 방식을 원하고 있었다.

처음 봤을 때와 같이 청백한 도(道)를 행하는 자는 아니라는 걸 알 수 있겠다.

그 같은 적천경의 내심을 눈치챈 것이리라.

구손이 변명하듯 말했다.

"빈도도 본래 그리 모진 사람은 아닙니다. 하지만 사안
이 사안인지라⋯⋯."

"알겠소."

"⋯⋯ 알아주시는 겁니까?"

구손의 안색이 밝아졌다. 그 역시 아주 작위적인 변화라
적천경이 내심 고개를 저어보였다.

'이런 쪽으로는 당하지 못할 사람이로군! 한데 건문제의
이능과 무당파가 큰 관련이 없다면 역시 사부님께서 말씀
하셨던 장천사의 일맥을 이어받은 게 아닐까?'

— 장천사!

중원의 민간에서는 무당파의 조사 장삼봉과 마찬가지로
추앙받는 도사 중 한 명이다. 평생 천하를 돌아다니며 도를
행했는데 민간에서는 전설과도 같은 수많은 일화가 남아
있었다.

물론 적천경이 사부에게 전해 들은 건 그 같은 전설이나
일화 따위가 아니었다.

비무!

바로 그것이다.

적천경의 사부는 과거 무학을 익히고 강호에 나와 무작정 비무행을 벌였는데, 당시 우연히 장천사를 만났다. 두 사람은 그걸 필연으로 여겨서 한동안 무학에 대한 의견을 나눈 후 비무에 들어갔다.

사부에게 듣기로 그것은 일종의 절차탁마(切磋琢磨)!

그러나 싸움은 격렬했다.

사부는 비무에 나선 후 처음으로 자신의 전력을 몽땅 쏟아 내야 했고, 가까스로 장천사를 이길 수 있었다. 후일 생각해 보면 그 역시 요행이나 다름없는 일이었다.

그래서 사부는 후일 무학을 완전히 이룬 후 장천사를 찾아다녔으나 그와의 인연은 그것으로 끝이었다. 다시는 그를 만날 수 없었다.

그래서 사부의 아쉬움을 적천경은 그대로 물려받았다. 장천사의 일맥과는 반드시 후일 확실한 재비무를 벌여야 한다는 생각을 심중에 품고 있었다.

한데 오늘 건문제 주윤문에게서 적천경은 장천사의 그림자를 봤다. 사부에게 전해 들었던 장천사 특유의 이능을 그가 발휘했기 때문이다.

내심 고심에 빠져든 적천경에게 구손이 침중한 표정으로

말했다.

"적 관주님, 빈도와의 약속을 지켜주셔야 할 때가 되셨습니다."

"……."

"저길 보십시오!"

"……!"

구손이 손가락으로 가리키는 방향으로 시선을 돌리던 적천경의 눈이 살짝 커졌다.

자소봉의 중턱!

더 정확히 말하자면 자소궁에서 금전으로 오르는 방면의 길목이 갑자기 환해졌다.

불기둥!

그것도 천하를 몽땅 태워 버릴 정도로 거대한 것이 하늘로 솟구치고 있었다. 수천 년 동안 잠들어 있던 화룡(火龍)의 용오름처럼 말이다.

10장

불꽃놀이!

"우악!"

"우와아아아아악!"

갑자기 눈앞에서 일어난 엄청난 크기의 불기둥에 나현과 그가 이끄는 황천지멸대는 순식간에 혼란에 빠졌다.

창위에서도 손꼽히는 정예!

무수히 많은 훈련과 실전을 통해 엄선된 일류 무사들임에도 누구 한 명 비명을 참지 못했다. 일시 완전히 넋을 잃고 얼음같이 굳어버리고 말았다.

그만큼 그들이 느낀 정신적인 충격은 컸다.

툭! 투툭!

개중 몇 명은 수중에 들고 있던 천뢰작열탄을 놓치기까지 했다.

"헉!"

"으허어억!"

주변에 있던 황천지멸대 몇 명이 비명을 터뜨렸다. 방금 전과는 또 다른 의미의 경악과 공포에 휩싸인 것이다.

그러나 다행이랄까?

눈앞에서 벌어진 기가 막힌 광경에 놀란 상태에서도 나현은 냉정을 유지하고 있었다.

"우차찻!"

재빨리 신형을 날린 그가 양손과 소매를 이용해 바닥에 떨어져 내리던 천뢰작열탄을 받아 냈다. 바닥에 닿지 않게 했을 뿐더러 부드러운 내력을 집중시켜 충격을 최소화했다. 천뢰작열탄의 폭발로 인한 참극은 그렇게 가까스로 막아졌다.

하나 여전히 황천지멸대는 정신적인 공황 상태에 빠져 있었다.

"우우!"

"우어어!"

어찌어찌 전열을 이탈하진 않았으나 하나같이 이유 불명의 신음을 흘려내고 있었다.

'망했다! 망했어!'

나현이 천뢰작열탄을 품에 거두며 내심 고개를 가로저었다.

이미 아군의 사기가 바닥을 쳤다.

이런 상황에서 강적과 싸움을 벌인다는 건 있을 수 없는 일이었다.

힐끔.

그래서 재빨리 안력을 잔뜩 돋워서 불기둥의 안쪽을 살피자 무당파 도사들의 침착한 모습이 보인다. 혼백이 분리될 정도로 놀란 황천지멸대와는 비교조차 되지 않는다. 그만큼 안정되고 전의가 충만해 있다.

'역시 명문 무당파의 고수들이란 건가?'

내심 이맛살을 찌푸려 보인 나현이 천천히 신형을 일으켜 세우며 손을 들어 올렸다.

까닥! 까닥!

그리고 수신호를 보내니 우왕좌왕하고 있던 황천지멸대 중 몇 명이 제정신을 회복했다.

'퇴, 퇴각 신호!'

'대주께서 퇴각 신호를 내셨다!'

그것만으로 족했다.

더 이상의 것은 그다지 필요치 않았다.

재빨리 동료들에게 나현의 명령을 전달한 황천지멸대가 재빨리 뒤로 대열을 물렸다.

눈앞의 말도 안 되는 불기둥!

순식간에 혼백을 흩트려 놓은 기괴한 조화로부터 물러설 수 있는 기회다. 절대 놓칠 이유가 없었다.

스슥! 스스스슥!

그렇게 황천지멸대를 뒤로 빼낸 나현이 다시 눈앞의 불기둥을 바라봤다.

환술(幻術)?

당장이라도 동공을 불태워 버릴 것 같은 이 뜨거움은 결코 거짓이 아니었다. 적어도 현재 그가 느끼기론 그러했다.

'그렇다는 건 현재 내가 취할 행동은 철퇴(撤退)뿐이란 것일 테지? 그리고 그럴 때는 반드시 이유 한 가지쯤은 만들어 둬야하는 것이고 말야!'

내심 빠르게 염두를 굴린 나현이 불기둥 뒤의 도사들을 향해 버럭 소리 질렀다.

"성조 폐하의 칠성보검과 오군도독 유철심 대인의 면목을 봐서 하루의 여유를 주겠소! 그 후에도 부영반님을 모셔 오지 않는다면 무당파에 오늘의 죄를 물을 수밖에 없을 것이오!"

"무량수불! 나 대인의 배려에 빈도 현무, 무당파를 대표해 감사 인사를 올리겠소이다!"

'배려는 개뿔!'

나현이 내심 욕설을 내뱉고, 다시 불기둥을 바라봤다.

정말 보기엔 장관이다.

다시 보고 싶지 않은 광경이라서 문제지.

슉!

단호히 신형을 돌려세운 나현이 이미 저만치 물러서 퇴각 준비를 착실히 끝마친 황천지멸대와 함께 신형을 날렸다.

"무량수불!"

"무량수불!"

점차 멀어져 가는 나현과 황천지멸대를 바라보며 오행검진을 펼치고 있던 무당파 장로들이 연달아 도호를 내뱉었다.

일촉즉발의 상황!

그것도 무당파의 존망이 걸린 싸움의 직전에 나현과 황천지멸대가 물러나리라곤 누구 하나 생각지 못했다. 안도의 한숨이 흘러나오지 않을 수 없다.

반면 현무진인의 표정에는 깊은 우려감이 깃들어 있었다.

'나현이란 자는 분명 무력을 앞세워 금전에 난입하려 했다! 그런데 어째서 갑자기 퇴각한 것일까? 역시 금전의 노야께서 일으킨 기운에 놀란 것인가!'

금전의 노야!

그가 건문제 주윤문이라는 사실을 아는 자는 무당파 내에서도 그리 많지 않았다. 장문인인 현무진인과 현재 함께하고 있는 장로들, 십검의 몇 명이 전부였다.

하물며 거기에 더해 그가 이미 대도를 이룬 선인이란 것은 거의 아는 자가 없다고 봐도 무방했다. 현무진인조차 십여 년 전 장문인의 직위를 물려받기 전 사부와 함께 금전에 인사를 갔다가 알게 되었으니 말이다.

그래서 은연중 꺼림칙한 마음을 품고 있었다.

의식적으로 거리를 둬 왔다.

무당파와는 전혀 관계없는 방법으로 드높은 경지에 오른 건문제를 인정하고 싶지 않았기 때문이다.

시기? 질투?

그보다는 미지에의 두려움이었다.

자신이 모르는 것에 대한 배척이었다.

지금 역시 마찬가지다.

건문제로 인해 나현이 황천지멸대를 퇴각시킨 것을 있는 그대로 인정하기가 싫지 않았다. 사형 현허진인이 죽을 때까지 포용할 수 없었던 것처럼 말이다.

그때 묘한 혼란에 빠진 현무진인에게 매화검신 유원종이 다가들었다.

"장문인, 무당파에 노부가 모르는 고인이 있었던 것이외까?"

"예?"

"방금 전 무당산의 정상 쪽에서 일어난 엄청난 역도의 주인이 무당파의 인물이 아니냐고 묻고 있는 것이외다."

"……."

현무진인이 유원종의 번쩍거리는 눈빛을 바라보며 난감한 표정이 되었다.

자신이 느낀 걸 유원종이 몰랐을 리 없다.

금전!

그곳에서 갑자기 일어난 기운의 무시무시함은 가히 심혼을 뒤흔들어 버릴 지경이었으니까.

그때 유원종이 고개를 살짝 갸웃해 보였다.

"게다가 창위의 인물들을 물러가게 한 불기둥 또한 그 고인의 행동이 아닌가 노부는 의심하고 있소이다."

"예?"

"불기둥 말이외다. 방금 전 하늘까지 치솟아 오를 정도의 불기둥이 창위와 우리 사이에 생겨나지 않았소이까?"

"그건……."

현무진인이 이맛살을 찌푸려 보이자 유원종이 눈에 이채를 발했다.

'설마 그 엄청난 불기둥을 보지 못한 것인가? 그러고 보니 이곳에 모인 다른 무당파 장로들도 불기둥에 별다른 반응을 보이지 않아 의아하긴 했었지만…….'

처음엔 놀라운 수양이라 생각했다. 자신조차 간담이 서늘해질 정도로 굉장한 불기둥에 무당파 전원이 별다른 반응을 보이지 않았기 때문이다.

그리고 또 생각했다.

어쩌면 당대 무당파는 발톱을 숨긴 채 웅비의 때를 기다리고 있는 것일지도 모른다. 굉장한 고인과 수양 깊은 도사들과 함께 말이다.

하지만 곧 의심이 들었다.

아무리 생각해도 무당파 도사들의 깊은 수양만으론 설명되지 않는 게 생겨났다. 불기둥에 놀라 허겁지겁 퇴각하는 창위를 보며 진심으로 기뻐하는 그들에게서 좀 전의 놀라운 수양은 더 이상 느껴지지 않는다.

'……그래서 염치 불구하고 질문을 던진 것인데, 일이 갈수록 재밌어지고 있지 않은가? 어쩌면 정천맹주한테 고마워하게 될지도 모르겠어!'

유원종의 본심이었다.

그는 당금 정파 무림이 인정한 삼신의 한 명으로 천하에 거의 적수가 없는 절대의 고수였다. 황실이나 창위가 관련된 일에는 곤란을 느꼈으나 그 외에는 그다지 신경을 쓰지 않았다. 오히려 생각지 못했던 고인의 존재에 잠들어 있던 승부욕이 치솟는 걸 느꼈다.

그때 유원종이 한 말에 고심하던 현무진인의 표정이 변했다.

비로소 불기둥을 발견한 것인가?

그렇지 않았다.

여전히 그를 비롯한 무당파 도사들은 불기둥의 존재를 파악하지 못하고 있었다.

대신 홀연히 금전을 떠난 건문제가 모습을 드러냈다.

"……노야?"

"으음!"

유원종이 뒤늦게 건문제의 존재를 발견하고 나직이 신음을 흘려 냈다.

현무진인을 비롯한 무당파 도사들에게는 건문제가 홀연히 나타난 것이지만 그에겐 달랐다.

현재 건문제는 방금 전까지 하늘을 뚫어 버릴 듯 치솟아 올랐던 불기둥을 대신하고 있었다. 마치 처음부터 그 자리에 있었던 것 같이 말이다.

'도가의 환술인 것인가? 모산파(茅山派) 일맥 중 부적술이나 술법, 환술에 능한 도사들이 많다는 소문은 들었지만 직접 접하니 실로 대단하구나!'

유원종이 찬탄의 기색을 담은 채 건문제를 바라봤다.

그때 현무진인이 건문제에게 다가가 크게 허리를 숙여 보였다.

"빈도 현무가 금전의 노야를 뵈옵니다! 그동안 별래무양하셨습니까?"

"허허, 노부 때문에 무당파에 심려를 끼치게 되었네!"

"걱정하실 일이 아닙니다. 본파의 전력을 다해 노야님에게 폐를 끼치지 않게 하겠습니다."

"고마운 말일세. 하나 노부와 무당의 인연은 여기까지인가 보네."

"예? 하면……."

"이대로 노부는 무당산을 떠날까 하네. 그러니 무당파 역시 더 이상 죽은 자의 금약에 얽매일 필요는 없을 것일세. 그리고 그동안 무당에 신세진 빚을 갚고자 내 작은 성의를 자소궁에 남겼으니 부디 자중자애(自重自愛) 하도록 하시게나."

"……노야!"

현무진인이 목소리를 높였을 때였다.

슥!

건문제가 나타날 때와 마찬가지로 홀연히 자취를 감췄다. 나타날 때와 마찬가지로 처음부터 아예 존재하지 않았던 것 같이 사라진 것이다.

"이런!"

유원종이 다시 탄성을 발했다.

이번에는 찬탄이 아니라 안타까움의 감정이 섞여 있었다.

'쯔쯧, 무당파에 예의를 차리다가 평생 다시 만나지 못할 기연을 놓쳤구나!'

인재는 인재를 알아보는 법!

유원종은 건문제를 보자마자 알 수 있었다. 그가 자신을 비롯한 삼신에 결코 못하지 않은 무위(武威)를 지니고 있다는걸.

하물며 도학이나 깨달음의 깊이는 삼신이라 해도 결코 따르지 못할 듯싶었다. 산중 깊숙한 곳에 은거한 고인이 이룬 대도의 깊이를 어찌 홍진에 몸을 담은 자신 같은 속인(俗人)이 가늠할 수 있겠는가.

그래서 안타까웠다.

당장 모든 걸 내동댕이치고 건문제의 자취를 쫓고 싶을

정도로 말이다.

그때 멀리서 천지가 진동하는 듯한 굉음이 연달아 일어났다.

쾅! 콰콰쾅!

금전에서 그리 멀지 않은 방면.

자소궁이다!

얼마 전 퇴각했던 창위의 황천지멸대가 지니고 왔던 천뢰작열탄이다. 그것들이 무당파의 최고수들이 빠져나간 자소궁에서 연달아 폭발하고 있었다.

빈집털이!

현무진인을 비롯한 무당파 도사들의 안색이 대변했다. 설마 이런 식으로 뒤통수를 맞을 줄은 몰랐음이 분명하다.

"무, 무량수불!"

"무량수불! 어찌 이런 일이!"

무당파 장로들이 오행검진을 풀고 현무진인에게 모여들었다. 더 이상 금전으로 향하는 길목을 지키고 있을 필요가 없어졌다는 판단이었다.

그러자 현무진인이 냉정하게 말했다.

"이는 필시 적의 성동격서일 터! 빈도와 매화검신 선배님이 자소궁으로 향할 터이니 여러 장로들은 계속 이곳에서 오행검진을 펼치고 계시오!"

"무량수불!"

"장문인의 명을 따르겠소이다!"

무당파 장로들이 복명과 함께 다시 오행검진을 펼쳤다.

그 사이 더욱 심해진 자소궁 쪽의 불길!

침중한 표정의 현무진인과 유원종이 일제히 최고의 경공을 펼쳐서 자소궁으로 신형을 날려갔다.

＊　　＊　　＊

주약린도 적천경과 비슷한 때에 화룡의 승천을 확인했다.

사실 보지 못할 수가 없다.

저렇게 거대하고 환한 불기둥을 어찌 보지 못할 수가 있겠는가.

'대영반이 직접 움직인 것인가?'

창위!

황제 직속인 만큼 상당히 복잡하게 구성되어 있다.

그중 최고위층은 양대 기관인 동창의 제독태감과 금의위의 대영반이었다.

그들은 평상시 황제를 사이에 두고 앙앙불락(怏怏不樂)하는 사이였는데, 당대에는 금의위의 입김이 조금 더 강했다. 전대 영락제 시절에 동창의 태감 중 상당수 고수가 모종의 임무를 띠고 사라졌기에 벌어진 일이었다.

당연히 당대 금의위 대영반 패천마도(覇天魔刀) 팽무결의 위세는 놀라웠다. 오대세가 중 하나인 하북팽가 역사상 최강의 도객임에도 '마도'라 불릴 정도로 성품이 잔혹해 황실과 관부 내에서 흉명이 자자했다.

그래서 안하무인, 그 자체인 주약린으로서도 대영반 팽무결에겐 일말의 두려움을 느끼고 있었다. 그의 심기를 거슬리면 황족이라 해도 결코 무사할 수 없음을 알고 있었기 때문이다.

여기까지 염두를 굴린 그녀가 곧바로 신형을 날렸다.

슉!

"엇!"

"으음!"

그녀에게 충성 맹세를 한, 두 공공 역시 신형을 날렸다. 다시 건문제를 찾기 전까진 죽으나 사나 그녀의 뒤를 쫓아야만 하는 두 사람이었다.

슉!

주약린이 구손 앞에 도착하자마자 빠른 걸음으로 그에게 다가들었다.

차라라라랑!

어느새 그녀의 손가락을 벗어난 봉황십환이 현란한 변화를 일으키고 있다. 차가운 살기를 뿌리며 구손의 상반신 전체를 노린 채 파고든 것이다.

"우와앗!"

구손이 비명을 터뜨렸다.

양손을 마구 휘젓는 게 꽤나 볼썽사납다.

그러나 그의 곁에 서 있던 적천경이 이미 움직이고 있었다.

발검!

멸천뇌운검을 뽑아 들고 휘두른다.

위에서 한 번!

좌측으로 두 번!

다시 우측에서 반대편 아래쪽 사선으로 한 번!

순식간에 네 번의 변화를 보인 그의 멸천뇌운검에 허공을 가르며 날아들던 봉황십환의 대부분이 걸려들었다. 별다른 저항조차 못한 채 사방으로 퉁겨져 날아갔다.

하지만 하나가 남아 있었다.

패애애앵!

갑자기 맹렬한 회전을 일으킨 봉황지환 하나가 검을 휘두르는 적천경의 뒤통수를 노리며 파고들었다.

교묘하면서도 빠른 변화!

'처음부터 노렸던 건 나로군!'

적천경이 눈살을 가볍게 찌푸렸다.

참 골치 아픈 상대랄까?

지닌바 무공은 특별할 게 없는데 지모가 탁월하다. 간계에 능했다. 이런 식으로 간단히 허를 찔러 온다.

물론 적천경에게는 통하지 않는다.

그에겐 검아일체번뇌차단술이 있기 때문에.

캉!

봉황지환이 요란한 소리를 내며 퉁겨 날아갔다.

어느새 적천경의 멸천뇌운검이 자신의 배후로 이동해 봉황지환의 암격을 막아 낸 것이다.

슥!

그러자 주약린이 사방으로 퉁겨 날아간 봉황십환을 회수하며 신형을 뒤로 물렸다.

단 한차례의 기습!

실패로 돌아가자 깨끗이 포기하고 물러섰다.

"아! 정말 귀찮게 하네! 뭐, 그래도 실력은 제법 괜찮아 보이니 이번에 한 해 봐주도록 하지."

"……."

"두 사람, 지금부터 내 휘하로 들어오도록 해!"

"……."

적천경이 주약린을 한 차례 바라보고 구손에게 시선을 던졌다. 혹시 그가 방금 전의 기습에 상처라도 입었는지 확인하기 위함이었다.

울컥!

주약린의 이마에 핏대가 생겨났다. 이런 식으로 자신의 관대한 제안이 무시당하리라곤 상상조차 해 본 적이 없었다.

"뭐야! 내 말이 말 같지 않은 거야?"

구손이 얼른 주약린에게 허리를 굽실거렸다.

"설마요! 귀인의 관대한 제안에 정말 빈도 감격을 금할 길이 없습니다!"

"그래도 도사 녀석은 조금 말귀가 통하는군. 너는 내 휘하에 들어오겠다는 거지?"

"저기, 그것이……."

"왜? 내 관대한 제안에 감격했다며?"

"……물론 빈도, 감격한 건 사실입니다. 하지만 빈도는 학도로써 아직 수양과 공부가 부족해 귀인에게 그다지 큰 도움이 되지 않을 것입니다."

"상관할 바 없어."

"저기 그러니까 빈도는……."

"내가 상관할 바 없다고 했잖아!"

"……."

구손이 울 듯한 표정으로 적천경을 돌아봤다. 그의 말발
이 전혀 먹히지 않는 상대를 만나서 아주 곤혹스러운 듯하
다.

'건문제를 찾는데 구손도장을 이용하려는 것이로군. 무
당파 내에서도 그는 건문제와 친분이 꽤나 돈독했던 것 같
으니까.'

적천경이 내심 눈을 빛내고 주약린에게 말했다.

"본인 뿐 아니라 구손도장도 관부에 들어갈 생각이 없
소. 그러니 더 이상 강요하지 마시오."

"관부?"

고개를 살짝 갸웃해 보인 주약린이 콧잔등을 한차례 찡
그려 보인 채 말했다.

"내가 언제 관부에 들어오라고 했어? 너희는 그냥 내 사
노(私奴)가 되는 거야! 나 역시 한동안 자금성 쪽으로 돌아
갈 생각이 없으니까."

'사노라…….'

적천경은 갈수록 태산이란 생각이 들었다.

눈앞의 절세미인!

억울하게 황위를 찬탈당한 건문제의 후손이 분명한 주약
린은 왈가닥이란 말로 표현키 어려웠다. 대하면 대할수록

당최 감당이 안 되는 성정이었다.

그러나 적천경은 본래 여인의 미색에 마음이 흔들리는 사람이 아니었다. 권력에도 그다지 큰 관심이 없었다.

팟!

적천경이 멸천뇌운검을 휘둘러 주약린을 뒤로 물러서게 했다.

"뭐야? 왜 나한테 검은 휘두르는 거야!"

"우리는 이미 소저의 뜻을 거절했소. 더 이상 귀찮게 하지 말고 물러나시오."

구손이 걱정스러운 표정으로 끼어들었다.

"저기 적 관주님, 귀인께 그렇게 심하게 말씀하실 것 까진……."

"그럼 그녀의 사노가 되실 작정이시오?"

"……잘 하셨습니다! 옳은 판단을 내리셨습니다!"

'이것들이 감히!'

주약린의 아름다운 옥용에 검은 기운이 어렸다. 눈 속에 담긴 건 분명 살기다.

"황 공공, 상 공공, 당장 이 무엄한 녀석들을 붙잡아서 내 앞에 무릎을 꿇리도록 하세요!"

"삼가 명에 따르겠습니다!"

"삼가 명에 따르겠소이다!"

황 공공과 상 공공이 복명과 함께 적천경에게 동시에 나섰다.

이미 한 차례 싸워본 적이 있는 터였다.

적천경이 생각 이상의 강자임을 알고 있는 두 공공의 얼굴에는 가벼운 긴장감이 감돌고 있었다. 주약린을 따르기로 한 후 첫 번째 명령이 생각 이상으로 만만찮다고 여긴 때문이다.

'호호, 정말 곤란하게 되었네! 하필 이 이상하게 강한 녀석과 다시 싸워야만 하니 말야!'

'이런 어린 녀석한테 우리 둘이 연수합공을 펼쳐야 하다니! 정말 수치스러운 일이 아닌가!'

두 공공의 속내는 각기 달랐으나 한차례 시선 교환이 이뤄진 후의 움직임은 무척 빨랐다.

스슥! 슥!

두 공공이 거의 동시에 적천경을 앞뒤로 에워쌌다.

황실에서 전장까지…….

꽤나 오래전부터 손발을 맞춰 왔던 두 사람이었다. 비록 같은 사문 출신은 아니나 연수합공을 펼치자 일종의 진세를 펼친 것과 같은 위력을 발휘했다.

반면 적천경은 이미 검아일체번뇌차단술에 들어가 있었다.

어차피 피할 수 없는 싸움!

단숨에 끝내버릴 작정이었다. 그래야만 주약린이 중간에 구손을 노리는 걸 방비할 수 있을 테니까 말이다.

한데 갑자기 적천경의 눈동자가 한쪽으로 이동했다.

둘 모두가 아니다.

딱 하나의 눈동자만 기괴하게도 옆으로 이동했다. 검아일체번뇌차단술이 일시적으로 깨진 것이다.

'폭발? 자소궁 쪽이다!'

동시에 적천경의 귓전으로 은은한 뇌성이 전달되어졌다. 자소궁에서 일어난 폭발음이 뒤늦게 전해져 왔다.

슥!

적천경이 일보축지를 펼쳤다.

"으헉!"

그렇게 순식간에 두 공공의 사이를 빠져나와 구손의 뒷덜미를 한 손으로 낚아챘다. 그리고 금전 아래로 그를 대뜸 집어던졌다.

"무, 무량수불!"

두 공공이 대경해 노성을 터뜨렸다.

"이 무슨!"

"이런 짓을 하다니!"

주약린은 욕설을 터뜨렸다.

"간사한 새끼!"

그녀는 이를 갈면서 적천경을 향해 달려들었다. 이곳에 모인 사람 중 유일하게 그의 의도를 명확하게 파악한 것이다.

스파앗!

그러나 적천경이 주약린을 향해 이미 일검을 날리고 있었다.

사일단심!

쾌속의 일검에 주약린이 놀라서 뒤로 물러섰다. 자신을 지키는데 바빠서 더 이상 적천경을 따라올 수 없었다.

쉬아악!

그 사이 적천경이 금전 아래로 신형을 날렸다.

— 일보추뢰(一步追雷)!

한 걸음에 벼락을 따라잡는다는 이름답게 적천경의 신형은 한줄기 섬전이 되어 금전 아래로 떨어져 내렸다.

파악!

그리고 공수입백인(空手入百刃)의 금나수를 펼친다.

먼저 금전 아래로 집어던진 구손을 구출하기 위함이었다.

찌직!

그리 쉽진 않았다.

첫 번째 시도는 실패!

휘릭!

그 뒤 다시 공중에서 신형을 회전하며 속도를 한차례 늦춘 적천경이 구손을 향해 검을 날렸다.

검풍!

멸천뇌운검에서 맹렬한 바람이 일어나 구손의 추락 속도를 조금 늦췄다.

그러자 다시 일보추뢰로 가속한 적천경!

타탁!

순간적으로 벼락을 발끝으로 차며 방향을 바꾼 그의 공수입백인이 이번에는 정확히 구손을 낚아채는데 성공했다. 본래 맨손으로 상대방의 칼을 빼앗는 금나수의 절정수법이 오히려 사람을 구하는데 사용된 것이다.

휘리릭!

그리고 연달아 신형을 세 차례에 걸쳐 회전시킨 적천경이 구손과 함께 자소궁으로 날아갔다.

이미 깨진 검아일체번뇌차단술 때문인가?

그의 눈은 어느새 가볍게 흔들리고 있었다.

'황 소저…….'

어느새 그의 뇌리 속을 가득 채우고 있는 한 여인의 얼굴.

자신조차 몰랐던 본심의 한 자락이 드러났다. 지금 이 순간이 지나면 다시 사라져 버릴지 모르겠지만.

*   *   *

자소궁.

이곳저곳에서 불길이 치솟고 있었다.

무당파 역사를 통틀어 봐도 수난을 당하는 것만으론 근래가 최고라 할 수 있을 터였다.

물론 그 원흉은 황제의 심복인 창위였다.

그리고 더욱 세밀하게 분류하자면 금의위!

값비싼 금의로 된 무복을 걸친 백여 명의 무인들이 자소궁의 이곳저곳을 몰려다니며 시원스레 불을 지르고 있었다. 가차 없이 천뢰작열탄을 사용해서 성조 영락제의 도움을 받아 지어진 중원의 대도량을 순식간에 한줌의 잿더미로 만들어 버렸다.

분명 그들, 나현과 황천지멸대는 그렇게 생각하고 있었다.

그동안의 굴욕을 씻어버리려는 듯 의기양양해 사방에서

날뛰고 있었다.

"저 사람들 도대체 뭘 하고 있는 거죠?"

"달밤의 체조?"

"그렇다기보다는 그냥 미친 것 같은데요?"

"그럴지도……."

언제부턴가 함께하게 된 우인혜와 황조경이 자소궁 외곽의 담장에 나란히 앉아 도란도란 얘기를 나눴다.

그녀들의 주변에는 몇 명의 도사들도 보인다.

장문인의 지엄한 명에 따라 자소궁 일대를 검진을 펼친 채 방비하고 있다가 희한한 광경을 목도했다. 다시는 보기 힘든 구경거리인지라 시선을 빼앗겼다. 엄격한 무당파의 규율조차 지금 그들의 눈앞에서 벌어지고 있는 굉장한 광경을 잠시 잊어버리게 한 것이다.

무리도 아니다.

충분히 이해가 가는 반응이다.

— **자소궁의 앞!**

언젠가부터 나현과 황천지멸대가 모여서 여기저기를 몰려다니며 불놀이를 하고 있었다. 굉장한 위력의 화기를 잔뜩 사용해 화려한 불꽃놀이를 벌여 댔다.

명절!

그것도 북경과 같이 거대한 대도에서나 구경할 법한 신나는 구경거리다. 무당파에서 엄격한 규율에 맞춰 살아왔던 도사들의 눈이 휘둥그레하게 변한 것도 무리는 아닐 터였다.

물론 황조경은 다르다.

그녀에겐 눈앞의 불꽃놀이가 특별한 것이 아니었다.

사실 부족함이 꽤 많다고 생각했다.

중원에서 가장 유명한 불꽃놀이 장인을 알고 있는 그녀의 안목을 충족시키기엔 많이 부족한 구경거리였다. 그다지 큰 장사거리는 안 된다는 판단을 내릴 수밖에 없었다.

그래서였을까?

다른 사람들과 달리 황조경은 눈앞의 불꽃놀이에서 곧 시선을 떼어 냈고, 한 사람의 노인을 발견할 수 있었다.

누더기 차림.

꽤나 심하게 굽은 허리.

아이와 같이 맑은 눈빛을 제외하면 저잣거리 어디에서나 쉽게 볼 수 있을 것 같은 외양이다. 그런 노인이 자소궁의 가장 큰 건물 중 하나인 원무전의 처마에 서서 불꽃놀이를 벙글거리며 바라보고 있었다.

‘저런 노인이 무당파에 있었나?’

황조경이 무당파와 관련된 정보를 빠르게 머릿속에서 끄집어냈다. 장사꾼의 본능으로 노인과 관련된 사항이 있는지를 검토하기 위함이었다.

슥!

그때 노인이 갑자기 그녀의 시야에서 사라졌다.

“앗!”

“응?”

놀라서 자리에서 일어선 황조경을 우인혜가 올려다봤다. 그녀 역시 눈앞의 불꽃놀이에 정신이 팔려 있었기에 노인의 존재를 눈치채지 못했던 것이다.

＊　　　＊　　　＊

자소궁을 얼마나 남겨뒀을까?

연달아 일보추뢰를 펼쳐서 자소궁을 향해 내달리고 있던 적천경이 갑자기 걸음을 멈춰 세웠다.

슥!

자신의 의지가 아니었다.

느닷없이 느껴진 강력한 이물감!

일종의 보이지 않는 방벽에 부딪친 것 같은 충격과 함께 적천경은 신형을 뒤로 물렸다.

"우왁!"

구손이 비명을 터뜨렸다.

적천경에게 금전 위에서 집어던져진 후 절반쯤 혼절해 있다가 바닥에 내동댕이쳐졌다. 무공을 익히지 못한 몸으로 비명을 터뜨린 건 어쩌면 당연한 반응일 터였다.

그러나 그는 곧 입을 다물었다.

'노야……'

그렇다.

적천경의 앞에는 어느새 건문제가 서 있었다. 마치 여태까지 적천경이 오기만을 기다리고 있었던 것처럼 말이다.

"좀 늦었구만."

"날 기다리고 있었던 것이오?"

"내가 기다렸다기보다는……."

잠시 말끝을 흐린 건문제가 손가락으로 뒤통수를 긁적이며 어색하게 웃어 보였다.

"……내 몸을 공유한 분의 의지라고 해야겠구만."

"……."

"장천사라고 아시는가?"

"아오."

"역시 그렇구만."

건문제가 만면 가득 미소를 매달았다.

아니다.

그건 이미 건문제 주윤문이 아니었다.

그와 몸을 공유하고 있는 존재인 장천사의 것이었다. 분명 그랬다.

〈다음 권에 계속〉

장담 신무협 장편소설

강호제일해결사

江湖第一解決士

ORIENTAL FANTASY STORY & ADVENTURE

탄탄한 구성과 짜임새 있는 연출로 이루어 낸 장담표 무협.

상대를 죽이지 못해 암살은 꿈도 못 꾸는 반쪽 살수, 사운평.

강호제일의 해결사가 되기 위한 좌충우돌 강호종횡기!

dream books
드림북스

독공의대가

권이백 신무협 장편소설

ORIENTAL FANTASY STORY & ADVENTURE

짜임새 있는 전개,
유쾌한 이야기로 독자들을 사로잡다!

사냥꾼이자 독인, 두 가지 정체성을 지닌 소년 왕정.
전대미문인 그의 독공지로(毒功之路)에 주목하라!

dream
books
드림북스

사도연 신무협 장편소설

ORIENTAL FANTASY STORY & ADVENTURE

『천마본기』의 작가!
사도연 신무협 장편소설!

"우리 성아는 커서 뭐가 되고 싶니?"
"영웅! 세상을 구하고 누나도 지키는 멋있는 영웅!"
하지만…… 세상은 나를 영웅이 아닌 악마로 만들었다.

dream
books
드림북스